甘党流れ旅

酒井順子

角川書店

甘党流れ旅　目次

北海道・東北

関東

中部

近畿

中国・四国

九州・沖縄

はじめに——京都府　円山公園　お薄、ゆであずき

甘味屋さんは女の居酒屋である、というのが私の持論です。会社近くの居酒屋で男達が数人でグチをこぼす時、また家の近くの居酒屋のカウンターで男が一人でお酒を飲む時、彼等の顔には〝男だけの楽しさ〟が漲る(みなぎる)わけですが、甘党の店における女子も、似た顔をしているのです。

家の近くの甘味屋で、クリームあんみつのアイスクリームが溶けるにまかせて、友人達とおしゃべりに興じる時。デパートでの買い物に疲れ、ふと一人で甘味屋に寄った時。老若〝女〟達は、女だけの喜びに深く浸っている。そこは、家でも仕事場でも決して得られない安心感が漂う、女子達のオアシスなのです。

そんなオアシスを求めて全国をさまよう、この『甘党流れ旅』。第一回の旅先は、京都です。

京都と言えば、言わずもがなの和菓子の本場。できたてが一番おいしいからと、お客さんがお菓子を受け取りに来る数時間前にお菓子を作り始める……といった名店の逸話には事欠きません。

が、その手の高尚なお菓子については、茶人の方々に任せるとして。私が求めるのは、京都ならではの、甘党女子のオアシスです。全てにおいて歴史の古い京都のこと、エステやアロマテラピーが無い時代から、京女達の心をほぐし続けてきた甘党の店が、きっとあるに違いありません。

そうしてたどりついたのは、円山公園。知恩院と八坂(やさか)神社に挟まれるようにして存在するこの公園は桜の大木で有名ですから、皆さんも一度は訪れたことがあるかもしれません。

私もかつて一度だけ、夜桜見物には来たことがあったのです。巨大なしだれ桜が夜風に揺れる様は心を沸き立たせ、血圧が上がりそうな気分になったことを覚えています。

が、その円山公園の中においしい甘味屋さんがあるとは、知らなかった。友人から「円山公園の中においしいゆであずきを食べさせるお店がある」と聞いても、〃公園の中の茶店って、売店の前に緋毛氈(ひもうせん)が敷いてあるような所？〃と半信半疑。

「人力車、いかがっすか？」というお兄さん達の誘いを断りつつ円山公園の中に入っても、それらしきお店は見当たりません。桜の季節でも無いので、観光客も多くはない。こんな所に本当においしい甘味屋さんがあるのだろうか……と思い始めた時に、ありました。目指す「紅葉庵」が。

それは、円山公園のはずれ。実に古く、そして実に味のある、木造の一軒家です。迎えて下さったのは、女主人の佐々木はつ子さん。はつ子さんのおばあさんが紅葉庵を始めてから三代目であり、家もそしてあずきの味も、おばあさんの時代から変わっていないというこのお店。敷地内に入った途端、そこにはどうしても和まざるを得ないような空気が、漂っていました。当然ながら、はつ子さんとも初対面なのですが、何だか自分のおばあちゃんちに来たような気分。月毎に柄が変わるはつ子さん手縫いの座布団に座ると、動きたくなくなってしまうのです。

早速、お薄とゆであずきを、いただきました。見たことが無いほど大粒の丹波の大納言が、透明度のある甘さをしっかり含んでいる。炊くのに四時間もかかっているのです。

しばらく歩いて疲れていた私に、その甘さはあまりにも有り難かった。舌の両脇がキューンとなるようなおいしさにしばらく身悶（みもだ）えし、素早く平らげてしまった後は、やはりこれも名物の宇治寒天を頂戴する。

そして私は、これにもやられました。炊いたあずきと、寒天の上に、宇治抹茶味の蜜（みつ）がひとたらし。あずきが絶品であることは前述の通りなわけですが、寒天を口に含んだ時のほどけ具合は、ほとんど官能的。それをひきしめるのは抹茶の味……。

ここは、単なる〝おばあちゃんちみたいな場所〟ではありませんでした。高レベルな甘味を実に何気なく食べさせてくれるはつ子さんの姿に、私はダンディズムに近い格好良さを感じてしまったのでした。


店内には、一人で来ているおばあさんや、老夫婦の姿が。多くが、すぐお隣にあるお寺でお墓参りをした後に寄る人達です。

「二十年前と全く変わってないわ……」

とつぶやく方もいれば、お客さん同士で話が弾むこともあり。子供の頃、紅葉庵の甘味につられてお墓参りに連れて来られた人が成長して自分の子供を連れてきたりと、お客さんの方も二代・三代に渡っている。紅葉庵でお薄を飲まないとお参りに来た気がしないという方も多いそうです。

しかし、はつ子さんはおっしゃいます。

「私には娘がいないから、もうこの店も私限りでおしまい。まぁ、あと三年は健康でいられるだろうけれど（これを頭の中でバリバリの京都弁に翻訳してお読みください）」

と。

「息子のお嫁さんはいるけれど、やっぱり一緒に住まないとできないから。私も、小さい頃からおばあさんがあずきを炊く姿を見て、覚えたのだし」

確かにこの味は、一朝一夕で覚えられるものではないでありましょう。そして味を守ると同時に、冷房も暖房も無く、冬は火鉢で暖を取るというこのお店を守っていくことは実に大変であるに違いない。でも、あと三年……？

修学旅行で来た男子中学生でさえも、

「ここにいると落ち着くな……」

とつぶやいていた、紅葉庵。そんな学生からは、「円山公園内・おかあさんへ」という宛名だけで、一緒に撮った写真が届くのだそうです。

〝円山公園内・おかあさん〟のあずきを、今度から京都に来る度に絶対、食べることにしよう。そう心に誓いつつ、私は紅葉庵を去ったのでした。

「また、来ます」と、おばあちゃんちを去る時のような気持ちを、残しつつ。

〈追記〉佐々木はつ子さんは残念ながらその後、お亡くなりになりました。紅葉庵は代替わりして、今も営業を続けています。

紅葉庵
☎ 075-551-0420
京都市東山区八坂鳥居前東入円山町 626 長楽寺門前

北海道・東北

北海道　小樽　べこもち

札幌から乗った函館本線の車窓から、野原いっぱいに咲き乱れるタンポポと遠くの雪山とを眺めつつ小樽駅のホームに着いたら、そこには石原裕次郎の歌が流れていたのでした。小樽駅には〝裕次郎ホーム〟みたいなものがあって、いきなり裕次郎ワールドが広がっているのです。石原裕次郎は三歳から九歳までをこの地で過ごしたそうなのですが、確かに裕次郎と小樽は、よく似合います。そういえば私の知人で、小樽の魚問屋さんの息子、という人がいるのですが、彼も何だか裕次郎に似ている。イザという時に頼りになりそうな、太っ腹な感じがするのです。

街に性別があるとしたら、小樽という街は確実に男、なのでしょう。北海道において、クラシックで素敵な街並みの街といったら函館もそうですが、函館というのは女性的なイメージ。似ているけれどどこか違う、二つの街なのです。

　港町というのは、意外に甘いものが充実しているものです。海の男は、肉体労働をするから甘いものが欲しくなるのか？　ちょっとしょっぱい潮の香が漂っていると、甘いものが食べたくなるのか？　それとも港町というのは古くから栄えている場合が多いから、甘いものも発展するのか……？

　そんなことを考えつつ、坂がちな小樽の街を歩いていると、美味しそうなものを売っている「高山菓子舗」というお菓子屋さんを、見つけました。

　黒猫が昼寝をしている店先に入ってみると、ケースの中には、「べこもち」というものが入っています。東京では見たことのない形状と、ネーミングに興味がそそられてお店の方にうかがってみると、

「北海道独特のお菓子なんですよ」

　とのこと。なるほど、「べこ」というのは牛、牛といえば北海道。

「べこもち」は、確かに牛みたいなもちだったのでした。上新粉を蒸し、黒砂糖を混ぜた黒いもちと、何も混ぜない白いもちを作る。黒白二色のもちを、べこっぽい感じになるようマーブ

ル模様に混ぜ、さらに蒸す……と、べこもちの出来上がり。

笹の葉に載ったべこもちを食べてみると、しこしことした歯ざわりと、黒砂糖の優しい甘さで、何個でもイケそうな味です。

「べこもち、なかなかイケる」

と思いつつ、さらに私は歩を進めました。

みやこ通りというアーケード商店街をぶらついていた時に発見したのは、何やら面白いムードが漂う店。そこには「ぱんじゅう」と書いてあり、店先で蝶ネクタイをしたおじさんが、何かを焼いています。

甘い香りが漂ってきたので吸い寄せられるようにそちらの方へ行くと、そこでは今まで見たことも無い物体が、焼かれていたのでした。パッと見はタコヤキのような大きさで、張りの良い黄金色の皮。一個ずつ、非常に丁寧に焼かれています。

ふらふらと中に入ってみると、店の奥にはイートインのコーナーもありました。早速、注文してみます。

「皮を持っても熱くないけど、中は熱いですからね。気をつけて下さい!」

と言われ、早速「ぱんじゅう」を持ってみると、見た目以上に、ずっしりと重い。かじって見れば、薄ーい皮の中に、熱々のあんこがぎっしりと詰まっているのです。タコヤキほどの大きさというのに、一個食べるとかなりの重量感。

うかがってみると、この「ぱんじゅう」というのはずいぶん昔からあるお菓子で、現在のご主人のお父さんが、小樽で復活させたのだそうです。

「この一個の中に、大判焼き一個分以上のあんこが詰まってるからね」

ということなので、なるほど重量感もあるはずです。その非常に実質的な「ぱんじゅう」を見ていると、小樽という街の存在感とどこか似たお菓子であるなぁ、という気がしてくるのでした。


ぱんじゅうを食べおわり、「やはり港町は甘いものが充実している」と再確認しつつ、運河の方まで歩いてきました。古い倉庫が立ち並び、観光客も急に増えてきます。団体客の口からは中国語や韓国語も聞こえてきて、観光地にやってきたという気分に。

しかし小樽は、単なる観光の街ではないのです。今も使われている倉庫の前には大きなトラックが停まり、壮健な男性が、倉庫から出した荷を次々と荷台に積み込んだりしている。それは、男の街・小樽にとても良く似合う光景なのであって、重そうな袋を軽々と運ぶ男性を眺めつつ、「やっぱりこの手の場所で働いてる人って、格好いいわぁ！」などと、うっとりした私。

さらに歩けば、ガラス製品を売っている店も、たくさんあるのでした。ガラスをぷうっと膨らませるところを眺めたりしつつ店をひやかして、なぜか醤油さしを一個、購入。

　歩きまくって、そろそろ疲れてきました。……と、そこにあったのは「さかい家」という、一軒の甘味屋さん。「そろそろお茶でも」とまたふらふらと入ってしまうと、十勝産の小豆を使ったというぜんざいが、メニューに載っています。少し食べすぎのきらいはあるとは思ったものの、「せっかく北海道に来たことだし」と、それも注文してしまったのでした。

するすると、出てきたのは山盛りのぜんざい。小豆も、とても良く炊けています。やはり北海道は小豆が美味しい。そして、盛りもケチケチせずにたっぷりというところも、実に北海道らしい。

　素敵なムード漂うさかい家で働いていた女性達は皆、美人だったのでした。裕次郎のように、頼もしくて男らしい男性と、しっとりとした美人。小樽という街には、そんなカップルがよく似合います。この美しい北の街では、色々なドラマが起きているのだろうなぁと、いつまでも減らないぜんざいを食べつつ、私は夢想していたのでした。

高山菓子舗
☎0134-32-0415
北海道小樽市稲穂4-2-7

青森県　弘前　焼きリンゴ

「まんずまんず、おかけになって！」

と、その喫茶店に入った時に私はまず、声をかけていただいたのでした。

声の主は香西慶子さん、七十五歳（二〇〇四年当時）。「その喫茶店」とは、青森は弘前（ひろさき）市にある「万茶ン（まんちゃ）」、創業約七十五年。現存する中では、東北で最も古い喫茶店です。

慶子さんは、万茶ンの二代目のママ。この店を開いたのは、慶子さんの亡くなったご主人の両親、資敏さんとカネさんです。

その時代、コーヒーを出す喫茶店というのはさぞや、珍しかったに違いありません。なぜそんなハイカラなお店を……？と思うわけですが、資敏さんは慶應ボーイのモボ、カネさんはアメリカに移住して雑貨店を開いていた両親のもとで若い頃をロスで過ごしたモガであることをうかがうと、「なるほど」と納得がいきます。「万茶ン」というちょっと変わったお店の名前は、万人にお茶を楽しんでもらえるように、そして最後の「ン」にはお客さんにもお店にも運がつきますように、という思いが込められているのだそうです。

万茶ンができたのと同じ頃、慶子さんはお隣の呉服屋さんの娘として、生まれたのでした。子供の頃から、みつ豆などを食べによくお店に行っており、万茶ンの一人息子とも幼なじみの間柄。やがて二人は結婚し、共にお店をきりもりすることとなったのです。

爾来（じらい）、五十四年。若くしてご主人を亡くしながらも、慶子さんは欠かさずお店に立っています。今でも朝は五時に起き、弘前公園を自転車で一巡りしてからお店へ出勤する毎日。

アメリカ時代のカネさんの写真、万茶ンの昔の写真などが入ったアルバムを見せていただきつつ頂戴したのは、慶子さんと共にお店に立つご子息・宏真さんが考案した、焼きリンゴとアップルティーです。とはいってもこの焼きリンゴ、よくある丸ごと焼いたものではなく、スライスしてから焼いたもの。使うリンゴも、焼きリンゴによく使用される紅玉（こうぎょく）ではなく、ふじなのです。

「こうすると、リンゴのシャキッとした歯応（はごた）えが残るでしょう」

というコメントはさすが、リンゴをよく知った人ならではのもの。アップルティーにも香料は使用しておらずフレッシュのリンゴの味がして、ちょっとした風邪など吹き飛んでしまいそうです。「私も毎日リンゴを食べているから、すごく健康」とおっしゃる慶子さんの肌は本当に真っ白でツルツルだし。

これから大鰐(おおわに)温泉へ行く、と私が言うと、

「あらっ、そこは私、新婚旅行で行ったところなのよ！」

とおっしゃる慶子さんの頬は、色付きはじめたリンゴのように、輝いていたのでした。

ちょうど津軽は、リンゴの季節です。電車に乗っていると、右も左も真っ赤な実で枝がしなった、リンゴの木だらけ。おとぎの国に来たような感じがします。タクシーに乗れば、運転手さんとは、

「リンゴを一個、車の中に置いておくと、車酔いしない」

とか、

「リンゴって何科か、知ってるか？」

などとリンゴ談義（ちなみにリンゴは、バラ科だそうです！）。宿の朝食にもリンゴジュースが出てくるし、リンゴ屋さん（ていうか本当は果物屋さんなわけだけれど、ほとんどリンゴ屋さんに見える）のおじさんは、サービスでリンゴをどっさりくれた。可愛いリンゴと優しい津軽弁に接しているうちに、東京より確かに空気は冷たいのだけれど、気分は次第にあたたま

ってくるようなのでした。

私が弘前出身であったとしたら、たとえ一度弘前から出て違う場所に住んだとしても、また必ず、弘前に戻ってきたくなるような気がします。市街には、津軽藩のお城である弘前城。ふと視線を上げれば、彼方には岩木山。この二つの美麗なシンボルから離れていることに、耐えがたくなってしまうのではないか。

旧制弘前高校の生徒であった太宰治も、「津軽」において弘前の、古く雅びなものを守る城下町特有の頑固さ、のようなものに対する愛を記しています。太宰治というと、暗くじっとりとした作風を思い浮かべるかもしれませんが、ことこの「津軽」においては、ほとんど無邪気なほど、津軽と津軽の人達への愛が語られている。カラリと晴れ上がった空気にすっくと立つ岩木山を見ると、その理由もわかる気がするのです。

私は「津軽」の足跡をなぞるように、大鰐温泉から五所川原（ごしょがわら）へ、そして津軽鉄道に乗って、太宰治の生まれた土地・金木へ。津軽鉄道は、刈り取り後の田んぼの中を、コトコトと進んでいきます。

太宰の生家は、今では「斜陽館」と名付けられている大豪邸。弘前近辺というのは、東京生活に慣れた者からすると正直言って交通の便が非常に悪いところなのであって、ここまで来るとさすがに、「ああ、遠くに来たなぁ」としみじみ思います。ですが青森の中学、弘前の高校、さらに大学で東京に来る度に、私のそれとは比べものにならないほどの「遠くまで来た」という気持ちを、太宰などは抱いたのではないか。

そんな太宰治も、実は高校時代、「万茶ン」でコーヒーを飲んでいたのでした。当時と店のつくりは変わってしまったけれど、太宰を照らしたであろうシャンデリアは、今もまだお店にある。気取り屋の彼は、当時お店に立っていたアメリカ帰りのハイカラなカネさんと、どんな会話を交わしていたのか……?

金木から五所川原まで戻る時、辺りは既に日が暮れかかっていました。一両だけの車内には、ほとんど人もいません。田んぼで稲わらを燃やした煙が霧のようにかかる中を、夕焼けに浮かぶ岩木山に向かって津軽鉄道は進む。「津軽」における太宰治の生き生きとした筆致の理由が何となく理解できる、その風景なのです。

土手の珈琲屋　万茶ン
☎ 0172-35-4663
青森県弘前市土手町
36-6

岩手県　一ノ関　郭公だんご

団子と観光は、よく似合う。

……と、私は思うのです。お菓子屋さんで買ってきて、お茶なんかいれて居間で食べる団子も、団子は団子。しかし居間で食べる団子には、どこかウキウキ感が足りない。その団子は団子でなくとも、つまりはチョコレートケーキやカスタードプリンでもいいわけで、串に刺したものを食べる必要は感じられません。

対して観光地における、団子。これはお互いの相性がガッチリ、合っています。団子はすぐに固くなる食べ物ですから、日持ちはしない。観光にでかけた先で作りたての団子を食べれば、団子と観光、両者が共通して持つ「その場に行って味わうしかない」という特性が、余計に引き立つというものです。

さらには団子の形態も、観光気分を引き立たせます。バーベキューにしてもあんず飴(あめ)にしても、串や棒に刺してある食べ物というのは「いつもと違うぜ」という感覚を私達に与えるものです。赤塚不二夫のマンガで串刺しになってるおでんを見て、うらやましく感じた人もいることでしょう。

団子にしても然(しか)り。串を手に持ち、大きな口を開けて団子を食べれば、「ああ、私は今、カンコウをしているのだな」という、非日常的な気分がグッと強まるではありませんか。

東北新幹線で北へ向かう時、私はたまたま座席が隣り合った一人の男子高校生と、知り合いになりました。彼は、仙台の高校に通う十七歳の受験生。東京の大学を下見に行った帰りだというのです。

「東京のごはんはまずくて食べられなかったから、早く家のごはんが食べたい」

と語る彼は、部活のこと、遠距離恋愛をしていた前の彼女が忘れられないということ、そして将来のこと……と、次々に話してくれます。

そんな彼は東北を深く愛しており、色々な名所も勧めてくれます。そして、

「一関の厳美渓には、空とぶ団子っていうのがありますよっ」

とも、教えてくれました。

私はまさにそこに行こうとしていたわけですが、そこは大人のしたたかさ、

「あーそうなの、で、他には？」

などと、彼からさらに面白い話を聞き出そうとしたのでした。さんざ彼とおしゃべりをした後、

「受験、頑張ってねっ」

と、東北の新緑のように初々しい青年と別れ、私は一ノ関の駅へと降り立ちました。一ノ関は、私にとっても、言ってみれば新緑のような思い出がある場所です。

それというのも中学の修学旅行の行き先が東北で、まず最初に降り立った駅が、一ノ関だったから。そこから、平泉の中尊寺やら毛越寺やら、奥州藤原氏の遺構ってやつを、わけもわからぬままに見に行ったのです。今となっては、修学旅行の思い出もさっぱり消え失せていますが、一ノ関という名前を聞くと、我が人生における観光活動の始まりの地、という感覚を覚える私。

今回は、中尊寺方面へは向かわず、駅からバスに乗りました。行き先は、厳美渓。件(くだん)の高校生が、

「空とぶ団子っていうのがありますよっ」

と教えてくれた、その場所です。

厳美渓とは、磐井川の急流によって削られた、様々な形の岩が連なるという、景勝地。川沿いの道でバスを降りれば、早速前方に「郭公だんご」の文字が見えるではありませんか。

郭公だんごは百年近く前、いつも赤い帽子にちゃんちゃんこ姿で、カッコウの鳴き真似をしながら団子を売っていたという「郭公じいさん」が始めたお店、なのだそうです。写真を見ると、厳美渓をバックに立つ郭公じいさんは、ピンポンパンのしんぺいちゃん（知ってる？）のような帽子をかぶって微笑む、好々爺。

この郭公じいさんが、磐井川の対岸のお客さんに、茶店の窓からロープを張って、籠に入れた団子とお茶を滑らせて届けたというのが、「空とぶ団子」の始まりです。

私はまず、川に面した茶店の席で、団子をいただきました。こし餡、胡麻だれ、醤油だれの三本で一皿。緑と水を見ながらの団子は、観光気分を盛り立てます。

二階の窓からは対岸にロープが張られており、籠が行き来しています。対岸のお客さんは籠にお金を入れ、反対に茶店からは団子が届く、というシステムなわけです。

団子を食べおわってから、対岸にも行ってみました。観光客が籠にお金を入れ、木槌で板を叩く。その音を合図に、茶店では籠をたぐり寄せ、団子とお茶をセット。帰りは傾斜がついているので、すごいスピードで団子が空を飛んでいく。

観光客達は、楽しそうに団子を注文しています。冷静に見れば、何も団子を空中でやりとりせずともいいではないか、たいした距離ではないのだから、団子が食べたければお店で食べればいいのに、と思うかもしれません。が、観光客はほとんど、「団子が食べたい」というより「空とぶ団子が見たい」という気持ちで、お金を入れる。

つまり茶店と対岸の間に張られたロープというのは、団子の串のような役割を果たしていると言えましょう。串もロープも、団子にとっては別に、必ず無くてはならないものではない。串刺しにしなくとも、そして空を飛ばなくとも、団子は食べられるのです。

しかし団子を串刺しにすることによって人は喜ぶし、団子が空を飛ぶことによって興奮もする。つまり串もロープも、観光客の遊山気分を高めるための演出なのです。団子が空を飛ぶ必然性の無さ具合がまた、必然性も無く観光をしている遊山客にとっては、心地よい。

おそらく、今となっては団子が空を飛ばなくなったら寂しい景色となるであろう、厳美渓。やっぱりハナとダンゴは、切り離せない存在であるということが、つくづくわかる光景なのでした。

郭公屋
☎ 0191-29-2031
岩手県一関市厳美町滝ノ上211

秋田県　鹿角　けいらん

雪国が大好きな私が行かずにいられないのが、冬の東北です。今回は秋田県にどうしても食べてみたいものがあって、真冬に「こまち」に乗りました。

してその、どうしても食べてみたいものとは何かといえば、「けいらん」。「けいらん」、漢字で書くと「鶏卵」。えっ、どんな甘味？と思われる方も多いかと思いますが、これは甘味と言っていいのかどうか、プロフィールを聞いただけではどうもよくわからない食べ物なのです。けいらんの正体を探るべく、盛岡駅よりバスで約二時間、鹿角花輪（かづのはなわ）駅前に到着しました。

目指すは「けいらん田中屋」。慣れぬ雪道を、ズルズルと滑りながら到着した私を迎えて下さったのは、田中章子さん。私の母親と同じくらいのお年頃とお見受けしましたが〝おおっ、肌がきれい！　さすがは秋田！〟と、私はまずその白く、キメの細かい美肌っぷりに感動しました。

何はともあれ私は「けいらん」をいただきました。出てきたものは、汁椀。ふたをはずすとすまし汁が張ってあり、椀だねとして舞茸（まいたけ）、素麺（そうめん）少し、小ぶりの卵状の白い物体が二個。

透明のおすましを口に含むと、舞茸のダシがよくきいています。次に卵状のものを一口噛（か）んでみると……それは、白玉の中にこし餡（あん）とくるみ、さらにはコショウが入っているというもの。おすましの中に、餡入りのお団子。この組合せが想像できない方もいるでしょうが、食べてみるとてもおいしいのです。餡の中のくるみは食感のアクセントになり、またコショウは、さほど強くない餡の甘味を引き立てる。薄味のおすましと交互に口に含めば、一椀の中で、甘い&しょっぱいの黄金の組合せを楽しむことができるのです。

話は当然、「なぜ、けいらんを……？」ということになりました。大本のルーツを探れば中国の点心にたどりつくというけいらんは、室町時代から南部藩に伝わる料理なのだそうです。秋田県では鹿角だけが旧南部藩であり（他は佐竹藩）、けいらんが食べられているのも秋田では鹿角だけ。青森の野辺地（のへじ）や北海道の江差（えさし）などにもけいらんは伝わっており、それらの土地は北前船の寄港地であったことから、北前船が伝えた料理なのでは、という考えもあるそうです。が、各地に伝わるけいらんの中でも、コショウが入るのは鹿角だけ。

本来は、法事など特別の時にだけ食べる行事食だったという、けいらん。

「子供の頃は甘いものも今のようには無かったから、法事の時は〝けいらんが余ればいいなぁ！〟と思ったもので」

と、田中さん。

そんな田中さんに転機が訪れたのは二十年前、ヨーロッパ旅行に行った時のことでした。様々な国々を巡り、文化や伝統の料理などに触れているうちに、田中さんはハタと、

「ああ、古いものを守っていくのは大切なことなのだなぁ！」

と思ったのです。では自分のホームタウンである鹿角を見た時に何があるのか……と考えた時、栄養士の資格を持つ田中さんが思い浮かべたのが、子供の頃から食べていた「けいらん」。

「私は家付き娘だったし、外の世界を知らなかったけれど、一度外から見てみたら、初めて鹿角の良さに気づいて。そこから私の第二の人生が始まったのよ」

そして田中さんは、けいらんをはじめとする、郷土料理を供するお店を出すこととなったのです。そればかりでなく、学校給食にけいらんを取り入れるよう働きかけたり、子供達の体験学習でけいらん作りを指導したりと、鹿角の子供達に、郷土の大切さを伝える活動もしていらっしゃる。

私は、けいらんを平らげた後、きりたんぽもいただいたのでした。きりたんぽ、鶏、ゴボウ、セリ、糸こんにゃく等々に、実に良い味の鶏のダシがしみている。さらには、

「もうすぐ小正月だから、これも作ったの。食べてみて」

と出して下さったのは、「けの汁」。塩漬けした各種の山菜を味噌仕立ての汁にしたもので、身体がぽかぽかと暖まります。

「子供の頃はね、けの汁のような人、つまり色々な要素を持ってる人になりなさいって大人に言われたものよ」

というお話をうかがいつつ、ああ、田中さんのご家族はいつもこんなにおいしいものが食べられて幸せだなぁ……と思う私。しかし一番幸せそうに見えるのは実は田中さんであり、それは「自分のやりたいことが見つかっている人」特有の幸福感なのです。

すっかり満腹になった私は田中屋をおいとまし、今夜の宿である湯瀬温泉へと向かいました。早速露天に入れば、そこは吹雪風呂。

温泉に浸かりながら思い出したのは、数年前に鹿角にやってきた時のことでした。おじいさんの本籍が鹿角だけれどまだ一度も行ったことがない、という友達の〝ルーツを訪ねる旅〟につきあって、鹿角に来たことがあったのです。

役場に行って尋ねたり、古い地図を見たりしながらやっと見付けた友達のおじいさんの本籍地には、古い家が建っていました。そこでうろうろしている私達を見て、その家から出てきたのは「鄙には稀な」という感じの、実に上品な顔つきの、そして実に美しい肌のおばあさん。

私達が事情を話すと、

「それは遠いところからようこそ。この辺りは昔、南部藩の武士が住んでいたところで……」

と、お茶とお漬物を勧めつつ、昔の話を聞かせて下さったではありませんか。

決して派手な土地柄ではない、鹿角。その土地に、郷土を愛する品の良い人々と、おいしい食べ物とが静かに存在するその感じが、私は結構好きです。あのおばあさん、今も元気かしら……と思いつつ、満腹の身体を温泉に浸したのでした。

けいらん田中屋
☎ 0186-23-2255
秋田県鹿角市花輪字上
花輪 170-2

宮城県　仙台　延命餅

仙台というと、「青春の街」というイメージがあるのです。それはおそらく、以前読んだ井上ひさしの「青葉繁れる」という小説の記憶が残っているせいだからだと思うのですが。

「青葉繁れる」は、仙台の男子校に通う高校生達が主人公の青春小説です。成績はあくまで悪く、女の子のことばかり考えているバンカラな少年達が巻きおこす事件の数々と、ちょっとせつない結末。私はこの小説を読んだ時にまだ子供だったのですが、仙台というのはきっと、青葉、少年、青春……といったさわやかな単語が似合う街に違いない、と思った。

「岩手」の回では、巌美渓(げんびけい)を訪ねた折り、新幹線の中で十七歳の東北の少年と知り合った、という話を書きました。その時の少年とは地味にメル友をしていた私ですが、この度彼から、

「東京の大学に、たぶん合格した」

という報(しら)せが届きました（ちなみに「たぶん」というのは、補欠だから）。

それは目出度(めでた)い、ということで訪ねた仙台の街。

「卒業式、泣いちゃったっスよ」

と言うその少年が、案内役を務めてくれることになりました。

新幹線のホームまで、律儀に迎えに来てくれていた、少年。彼がまず案内してくれたのは、数日前まで彼が通っていた、男子高でした。校庭では後輩達が部活に励んでいる風景を、彼はテレ混じりの少し遠い目をして、眺めている。

男子高の次に向かったのは、なぜか女子高です。

「ここの女子高は可愛い子が多くて、文化祭には毎年通ったけど何もなかった……」

と、彼は校門から出てくる女子高生達を見ながら、再び遠い目をする。そういえば「青葉繁れる」の中にも、主人公達の憧れの女子高として、この学校は登場していましたっけ。

仙台まで来てなぜ高校巡りをしているのだ、という気もしますが、私は「高校」などというものを見るのは実に久しぶりの身です。互いに何となく意識しあっている女子高生達と少年の姿を見つつ、〝確かに高校時代は、異性のことで頭がいっぱいだったのぅ。でも考えていることのほとんどは、単なる妄想で終わったものじゃ……〟と、私もつられて遠い目をしてみるのです。

目指すお店は、昔も今も仙台の男子高校生達を憧れさせ続けている、その女子高からほど近くにありました。寺町の中に一軒佇む、「延命餅本舗」です。

その日はちょうど、お彼岸の入り。お墓参りに訪れた人々が次々にお店を訪れ、団子を買っていきます。延命餅というのは、お隣の阿弥陀寺にある延命地蔵にちなんだ名前であり、大福のことを指すのですが、私が訪れた時には既に売り切れ。私は、もう一つの名物である団子を、特別に店先で食べさせていただいたのでした。

大きめの平たい丸餅が二個、串に刺さったその団子。タレは、あん、胡麻、みたらしの三種です。炭火で焼いてから普通よりもゆる目のタレをからめるので、タレのとろみ、外側の焦げ目、そして中のモチッとした舌触りとがあいまって、素朴な見た目以上に官能的な味わい。延命餅と団子しか売っていないというところも、いかにも老舗という感じです。

団子というのは、出来たてを食べてナンボの食べ物です。だからこそお土産物には向かず、延命餅本舗も地元の人に愛される店になっているのだと思う。「萩の月」もいいけれど、地元でしか食べられない団子は、貴重な味なのです。

例の女子高に通う高校生は、学校帰りにここで団子を買って、食べ食べ帰る……なんてこともあるそうです。団子と、寺と、女子高生。これぞ日本の風景ではありませんか。

夜においしい牛タンをたらふく食べた翌日も、東北をこよなく愛する少年は仙台案内をしてくれました。広瀬川を渡って、青葉城へ（ただし城壁は修復中）。馬にまたがる伊達政宗公の銅像が、仙台市街を見下ろしています。さらには三百年前から、奥州街道沿いで仙台駄菓子を作り続けているという熊谷屋さんにも行き、とっても素朴な味がする駄菓子を購入。

その間にも少年は、

「仙台は緑が多いでしょう？」

とか、

「あ、それは妹の友達の家で」

とか、

「ここでデートしたことがある」

などと、仙台愛を熱く語ってくれます。今まで晴れていたのに突然、雪が舞い始めたのに驚けば、

「これが仙台なんですよっ」

と、何とも嬉しそうな表情で空を見上げる。

そんな少年を見ていると、〝ああやっぱり、仙台は青春の街なんだなぁ〟と私は思うのでした。もう少ししたら、仙台のメインストリートである青葉通りには、文字通り青葉が繁ること

でしょう。そしてその頃には、少年はこの街を出て、都会にいる。

「あーあ、絶対、寂しくなっちゃうだろうなぁ。俺、東京に行っても、家まで帰ってこられるだけの新幹線代だけは、いつでも部屋に置いておこうと思ってるんですよね」

などと弱気なことを今から言っている少年の気持ちが、この街を見ていると何となく、わかるような気がするのです。

帰る時刻がやってきました。新幹線の時刻が迫っていたので、駅にあったずんだ餅カフェに後ろ髪を引かれつつも、新幹線のホームへ。少年はホームから見送ってくれます。

あともう少ししたら、彼はここから見送られる側になる。無邪気に手を振る少年を見ていると、〝こいつ、絶対にその時は泣くな……〟という予想だけは、はっきりとつくのでした。

延命餅本舗
☎ 022-256-0551
宮城県仙台市若林区新寺 3-5-5

山形県　米沢　峠の力餅

冬。奥羽本線の峠駅に各駅停車の電車がさしかかると、深い雪の中、ホームには名物である力餅の売り子さんがハッピを着て立っていて、その姿は一幅の絵のようである。

……鉄道作家としてつとに有名な宮脇俊三さんの本でそんなシーンを読んで以来、私はその「峠駅のホームで力餅を売る」というシーンを、見たくてたまらなかったのです。

季節は夏で、雪の中で力餅を売る姿を見ることはできませんが、「峠駅」というからには、そこは山の中に違いない。さぞかし緑がきれいであろう。私はたまらず、旅立つことにしました。

まずは東北新幹線で、福島駅へ。そこから奥羽本線に乗るのですが、あいにく接続があまりよくありません。と言うのも、福島駅を発(た)って峠駅に停まる奥羽本線は一日に六本しかないのです。福島駅で二時間ほど、時間をつぶします。

乗り込んだのは、十五時五十六分発の、奥羽本線米沢(よねざわ)行き。この電車に三十分ほど乗れば、福島・山形県境近くの山形側に位置する峠駅へ到着する予定です。

夕方の電車ということで、学校帰りの高校生の姿が多く見られます。クラブ活動をしているのか、真っ黒に日焼けした高校生達が、北関東から南東北にかけて共通したイントネーションで話しているのが、ちょっと可愛い。

三駅ほど過ぎると高校生達もすっかり降りて、車内はガラガラになりました。外の景色も、急に自然が豊かに。電車旅の旅情が、深まります。

とはいえ、車内にはあまりに誰もいません。山もどんどん深くなってきた。東京にいると、三十分やそこら電車に乗るだけで自然が豊かになることなどあり得ないわけですが、東京以外の場所においては、三十分を甘く見てはなりません。ちょっとだけ、不安になってきました。

その不安は、峠駅に到着した時、さらに高まりました。駅はなぜか、トンネルの中にあって(本当はスノーシェルターの中だが、その時の私にはトンネルのように思えた)外の景色が見えない。他に下車する人はいない。さらには、無人駅。期待を込めて見回したのですが、力餅を売っている売り子さんも、いない。

これは、「甘党」始まって以来の危機的状況でした。これでは「甘党流れ旅」ではなく、単なる流れ旅になってしまうではないかっ！

ホームから降りて、トンネルの外へと出ました。すると、そこは見事になーんにも無い、山の中だったのでした。人家が一、二軒あるのですが、決して力餅を売っていそうには思えない。さらにはここまで何も無い山のなかで、力餅を売る「峠の茶屋」というものがあるようにも見えない。おまけに携帯電話の電波も、無い。次の電車は、三時間後。どうする、甘党？


その場所は、あくまで静かでした。ヤケクソ気味で、民家の扉を叩く。と、

「ふにゃ？」

という感じで出てきて下さったおばあさんに、力餅のことを聞くと、かなりヒアリングが難しい地元の言葉で、

「それならもう少し向こうにある」

と教えて下さるではありませんか。

ドキドキしながら歩いていくと、確かに「忽然（こつぜん）と」という感じで、峠の茶屋は存在していたのでした。私はほーっと、胸を撫（な）で下ろしました。

峠の茶屋で荷を下ろし、さっそく力餅とお茶とを、とてもおいしくいただきました。小振りなお餅の中に、上品な味のこしあんが入った力餅。一つまみの塩によって引き立った甘味が、

疲れた身体に沁(し)みていきます。

ご主人の小杉さんにお話をうかがうと、山越えの旅人達のため、明治二十七年から、峠の茶屋はここにあるのだそうです。〝徒歩で峠越えをしていた人はさぞや、この茶屋に到着した時にホッとしたであろう〟と、私は思う。

鉄道ができる前から峠の茶屋は存在したわけですが、鉄道が来てからは、峠駅はスイッチバックが行われる駅としても有名でした。スイッチバックとは、急勾配(きゅうこうばい)において、列車がいったんバックして別の線路に入ってから、もう一度進行方向に向かって走るというもの。一息で急勾配を上りきることができなかった昔の列車がとった手法です。

しかし、時代は変わりました。奥羽本線の線路には、山形新幹線が走るようになり、在来線の本数は減少。列車の性能も良くなり平成二年にスイッチバックも廃止された。ということで、峠駅で下車する人は、とても少なくなってしまったそうなのです。嗚呼、全ては変わっていってしまう。

ご主人から、「近くの滑川(なめりかわ)温泉へ行くといい」と教えられた私は、ちょうど駅まで来ていた滑川温泉の車に拾われて、さらに山の上の方にある温泉へと向かいました。

一軒宿の滑川温泉は、実にひなびた雰囲気です。渓谷沿いにある露天風呂から硫黄(いおう)の匂いが漂い、いかにも効きそう。混浴の時間帯だったのですが、誰もいないのをよいことに、大自然の中で堂々と全裸になり、お風呂に浸かる。何か、この世ではない場所へ来た気分。

再び峠駅へと戻った時、既に駅はオレンジ色の夕陽に包まれていました。電車が来るまでまだしばらく時間があったので、私はスイッチバック時代に使用していた旧ホームへ。廃線跡には茫々（ぼうぼう）と、草がはえています。

旧ホームに立って、夕景を眺めてみると、視界の中一人も人間はおらず、一面の山々。聞こえるのは、カナカナカナ……という、ひぐらしの声だけ。

と、そこに二匹のウサギが、なぜかピョコピョコとやってきたのです。白いウサギと黒いウサギが一匹ずつ、私の足元で仲良く草を食（は）んでいる。

廃線跡にて、ウサギ二匹と人間一人。いつまでもいつまでも、そこでひぐらしの声を聞いていたい……と、心はスイッチバックの時代に、タイムスリップしていたのでした。

峠の茶屋　力餅
☎ 0238-34-2301
山形県米沢市大字大沢
848

福島県　会津若松　田楽

会津若松出身の知人と話していた時のこと。

「子供の頃、田楽というおやつをよく食べた。お餅や里芋なんかに甘目の味噌を塗って、囲炉裏の炭で焼いて食べるんだけど……」

と、彼女。

私はその話を聞いて、非常においしそう！　と思ったのでした。私は昔から、温かいおやつというものに、妙な憧れを持っていたのです。子供の頃に食べたおやつは、お煎餅（せんべい）やポテトチップのようなカワキモノにしても、チョコレートやケーキやお饅頭（まんじゅう）にしても、あまり「あつあつ」という感じのものではありません。

たまに、母親がホットケーキを焼いてくれるような時は、ですから何か特別な感じがして、とても嬉しかったものです。当時、ホットケーキを焼いたりできるという子供用の「ママレンジ」という玩具（おもちゃ）があって私はとても憧れたのですが、買ってもらえなかったし。

そういった意味において、東京の下町っ子が、

「よく学校帰りに、駄菓子屋でもんじゃ焼いて食べてた」

などというのを聞くと、羨（うらや）ましかったものです。同じように会津っ子は囲炉裏ばたで田楽を焼いて食べていたかと思うと、とても微笑ましい感じがするではないですか。

そして私は、今は東京でバリバリと働いている知人が子供の頃に食べていたおやつを求めて、会津若松へと向かったのでした。東北新幹線を郡山（こおりやま）駅で降り、磐越西線に乗り換える。猪苗代（いなわしろ）駅などを通りすぎつつ、郡山から一時間ほどで会津若松駅へと到着します。

訪ねたのは、「お秀茶屋」。その会津若松出身の知人が、

「観光客向けのお店も何軒かあるみたいだけど、私はお秀茶屋しか行ったことがない。普通の家みたいなところで、シブい！」

と、推薦してくれたところです。

お秀茶屋は、会津若松の市街地から東山温泉へと続く街道沿いにあります。街道を歩いていると、会津武家屋敷があったり、会津藩主である松平家のお墓があったりして、会津が古い歴史を持つ町であることを、私は思い出す。

そうして到着したお秀茶屋は、本当に普通の家みたいな造りだったのでした。ただ違うのは、入り口から入ってすぐのところに囲炉裏があって、赤々と火がおこっているところ。秋の風に吹かれて歩いていた私は、少し冷たくなっていた手を思わずかざして、暖をとりました。

田楽をお願いすると、ご主人が囲炉裏の前に座り、餅、生揚げ、身欠きニシン、里芋の四種類の串に、それぞれ手早く味噌を塗り、灰に刺していきます。しばらくすると、味噌の表面がこんがりとこげてきて、香ばしい匂いがあたりに漂ってくる。

程よく味噌がこげたところで運ばれてくる田楽の串を、早速手にとります。少し甘い田楽味噌が塗られたお餅はあつあつ、里芋はほっくり。意外なのは、この辺りでよく食べられる食材である身欠きニシンの田楽で、炭火であぶられることによって溶けだしたあぶらとこげた味噌の甘味が、よく合うのです。

店内を眺めていると、お客さんは地元の人が多いようです。やはり田楽は、食事ではなくおやつ、という位置づけのものらしい。

「二人前、折に入れてください」

とテイクアウトする人や、小さな子供を連れて親子三代で食べに来ている人もいます。誰もが皆、非常に気楽な感じで田楽の串を手に、食べているのです。

お秀茶屋は、街道を通る旅人のために、三百六十年前からこの地でお店を開いている老舗。

会津には他にも田楽のお店がありますが、こちらが元祖なのだそうです。

　江戸時代には、処刑される会津藩士が、この店において家族と最後のお別れをしたとか、店の横にある何体かのお地蔵様は、その武士のために建てられたものなのだ……といったお話をうかがっていると、その辺からひょっこりと、お侍さんが顔を出しそうな気がしてくるではありませんか。

　そういえば会津といえば、白虎隊の地としてつとに有名です。幕末の頃、幕府軍対政府軍の戦いであった戊辰（ぼしん）戦争において、最後の幕府側の砦（とりで）となった会津藩は、年齢別に四つの隊を編成。そのうち、十代の少年達で結成されたのが白虎隊です。彼等は敗走中、飯盛山（いいもり）から見た市街地の火災を、鶴ケ城の落城と思い込んで、全員が自害したのでした。

　そんな歴史があるとなると、現在の会津の町にも、キリッとした空気が流れているような気がしてきます。お秀茶屋を出てぶらぶら歩いていると、柿の実がなり、コスモスが咲くのどかな里の秋の風情を感じつつも、家々のたたずまいがどこか端正に感じられる。

　ふと電柱を見上げてみると、そこには一枚のポスターのようなものが貼られていました。そしてそれは、「会津っ子宣言」というもの。「目上の人を尊敬します」とか「会津に誇りを持ちます」といった清々しい言葉が続くのですが、中でもひときわ目立ったのは、

「ならぬものはならぬ」

という言葉。

「人を殺すのがどうしていけないんですかァ〜」

とか、

「エンコーしたって、別に誰にも迷惑かけてるわけじゃないしぃ〜」

などと、ダルい様子で語る若者が多い昨今、理屈など一切はさまず、

「ならぬものはならぬッ！」

と言い切る精神は、非常に新鮮ではありませんか。駅までの帰り道、通りかかった小学校においても、校門のすぐ横に掲げられていた言葉は、

「ならぬものはならぬ」。

たるみきった私の精神も一喝される感じで、白虎隊の少年達も眺めたであろう会津の空の青さが嗚呼（ああ）、目にしみる……。

お秀茶屋
☎ 0242-27-5100
福島県会津若松市東山町石山天寧 308

関　東

茨城県　水戸　御前菓子

梅を果物と言うかどうかはよくわからないのですが、とにかく私は全果物の中で梅が二番目に好きで（一番はマンゴー）、従って梅味のお菓子にも目が無い、という人生を送って参りました。子供の頃は、手元に梅仁丹などあると、それがなくなるまで連続喰いを続けたものです。が、梅味というジャンルは当時、あまり脚光を浴びていなかったのでした。チーズケーキだのミルフィーユだのといった洋風の派手な味覚に注目が集まり、梅味などは「ダッサーい」という感じだったのでしょう。梅味のお菓子のバリエーションが増えることはなかった。

ところがここにきて、梅味はけっこうキています。和風回帰の風が食品界にも吹いたのか、

コンビニに行っても、ガムやキャンディーに梅味は珍しくない。ショコラティエでは梅のチョコレートも売っているし、

「おおっ、とうとう梅の時代が！」

と、私は自分のことのように嬉しい気分。

そんな折りも折り、ちょうど梅の花が咲く季節となりました。梅の名所にして、梅不遇の時代にも、梅菓子を作り続けてきた場所といえば……そう、水戸。上野駅から「スーパーひたち」に乗って、行って参りました。

水戸といえば、偕楽園(かいらくえん)。水戸藩の第九代藩主・徳川斉昭(なりあき)が造ったというこのお庭は、ざっと半分ほどの面積が梅林という梅の名所。咲きはじめの梅の花が、空の青をバックにしてパッキリと映えます。

園内のお土産売場では、水戸特産の梅のお菓子が、それはもう色々と売られているのでした。子供の頃に食べた記憶がある、「のし梅」と「水戸の梅」、両方を早速購入します。もうすぐ雛(ひな)祭(まつ)りで、雛祭りといえば「桃の節句」であるわけですが、水戸においてはどうやら「梅の節句」と言った方が良さそうな雰囲気が漂っているのです。

偕楽園のほど近くには、徳川博物館というものもありました。徳川家ゆかりの雛人形の展示

を行なっているということで、足をのばしてみます。

さすがは徳川家のお膝元ということで、徳川博物館のあちこちには、お馴染みの葵(あおい)の御紋が光り輝いているのでした。入館代金を支払った時、

「見えるところにお貼りください」

と渡されるのは、葵の御紋がついた印籠型(いんろうがた)のシール。それを胸に貼っていると、

「ハハァーッ」

と皆がひれ伏しそうな気分になりますが、当然誰もそんなことはしない。

博物館の中には、本物の水戸光圀(みつくに)公の印籠も、展示されていました。「水戸黄門」のドラマが大好きだった、今は亡き祖母が思い出されます。

お雛様の展示は、さすがに豪華なものだったのでした。水戸徳川家の歴代のお姫様達のためにあつらえられた数々のお人形、そしてお道具。

女子としてつい目がいってしまうのは、やはりお道具の豊富さ、繊細さでしょう。食器の類(たぐい)、将棋盤やすごろく、硯(すずり)や筆までが、ミニチュアサイズでずらりと揃えられていて、英国のドールハウスも目ではない。

清少納言は、「枕草子」の第一四四段「愛(うつく)しき(=可愛らしい)もの」の項で、雀の子や、幼い子がはいはいする動作とともに「雛(ひひな)の調度」が可愛らしいとし、さらには、

「何も何も、小さきものはみな愛し」

と言っている。

この感覚は、千年前の清少納言の時代も、徳川の時代も、そして現代も、変わるものではありません。女性は、少女であっても大人であっても、小さいものに対して限りないいとおしさを覚えてしまうものなのです。〝ああ、こんな「雛の調度」が自分のものだったら、楽しいだろうなぁ〟……と、姫になった自分をちょっと夢想。

博物館のテラスに行ってみると、そこでは「御前菓子」というものを食べることができました。水戸徳川家の十五代目、当主の斉正氏がアイデアを出して作られたという生菓子は、「紅梅」「白梅」そして「青梅」というネーミング。偕楽園を造った斉昭はまた、「食菜録」という書物を著すほど食に対して興味のある人であったといいます。そういえばドラマでは、水戸黄門も各地で色々なものを食べ歩いているし、どうやら水戸徳川家は相当、グルメの血筋らしい。

思えば私も、子供の頃は毎年、雛人形を飾っていたのでした。「水戸黄門」が好きだった祖母と、母と、私。三人で、やはり母が子供の頃に飾ってた雛人形を床の間に飾り、

「お内裏(だいり)様って右だっけ、左だっけ？」

などと、毎年のようにわからなくなっていたものです。雛壇の上までどうしても上ってみた

くなって、人がいない時をみはからって上ってみたら、当然のことながら見事に雛壇が崩壊して怒られた、という事件もありましたっけ。

それから幾星霜。実家の雛人形は、もう何年も日の目を見ていません。あの人形達、寂しがってはいないだろうか……。

水戸から帰った翌日、私は数年前に買った手のひらサイズの雛人形を箱から出し、赤い布を敷いた玄関の飾り棚の上に、乗せました。そして珍しくお花屋さんに赴き、梅も桃もなかったので、フリージアを購入。

三時になり、お茶を淹れて昨日買ったのし梅でおやつとします。少し暖かくなってきたので、窓も開けてみます。ちょっと湿り気が出てきた外気のにおいと、フリージアのにおいを感じつつ、梅のエキスを凝縮させたようなのし梅をちびりちびりと嚙（か）む、そののどかさよ。どこか遠くから、

「うらうらうららら……」

と、春の到来の音が聞こえてくるような気がしてしまうのはあまりにも少女趣味かもしれないけれど、全ての女性に少女趣味が許されるのが、この雛祭りの時期なのであろうと、私は思うのです。

栃木県　日光　水羊羹

私は割と、ブランドというものが苦手なたちなのです。「知る人ぞ知るっていうブランドなら持ってもいいけど、みんなが持ってるブランドものなんか、持つ気になれないわ、フン！」という、あまり性格の良くないタイプ。

それは旅に関しても同じです。誰もが知っているブランド観光地へは、何となく足が向かない。対して、

「えー、そんな場所知らない。どこにあるの？」

と言われるような場所に行くと、悦に入る。

そんなわけで、私は日光へ行ったことがなかったのでした。東京からもほど近く、世界遺産にも指定された超有名ブランド観光地、日光。〝どうせ、ちょっと大きな寺とか神社とかがあ

るだけ、なわけでしょう……〟と思っていたので、そこに行ったことがなくても、何ら焦躁感にかられることはなかったのです。

しかしある時、「日光では、もともと水羊羹は冬のお菓子として売られていたらしい」という話を聞いて、私の食指は動きました。水羊羹と冬、という取り合わせは何だか面白い。冬の水羊羹を食べに、一つ行ってみるか日光へ……と、重い腰を上げることとなったのでした。


東京から日光へは、浅草から東武線の特急に乗って行きます。乗客はほとんど観光客で、ウキウキ気分が横溢している。日光と言えば東照宮ということで、まずは私も参詣へ。

その日は週末だったので、人はたくさんいたのです。が、あまり混んでいる感じがしないのは、参道の両側に、杉並木が連なっているため。日光の杉といえば有名ですが、それは思った以上の巨木であり、何か大きなものから見下ろされている感じ。その巨木のせいで、どんなにたくさんの人がいても、歴史ある神社仏閣特有の森閑とした雰囲気が漂っているのでした。

表門を入るとすぐに、見ざる・言わざる・聞かざる、で有名な「三猿」が見えてきます。神馬が飼われている神厩舎の上部に三猿はおり、大勢の人が、

「あ、サル!」

と当たり前のことを言いつつ、見上げている。

さらに進めば、豪華絢爛な陽明門。右手に折れて進めば、坂下門の上には、左甚五郎の作と伝えられる、あの「眠り猫」。

私は密かに、眠り猫を楽しみにしていたのです。が、この猫、思った以上に小さい。よーく見ないと、門の上に猫が寝ていることには気付かない。しかし、門の上にこんなに小さな猫が大昔から寝続けているという事実が、無性にカワイイ。

眠り猫の門をくぐって、永遠に続くかのようにも思える石段を昇って奥宮まで行き、戻ってきたら、昔は偉い人しか入れなかったという本社に上がってお参り。さらには本地堂というところで、拍子木の音がまるで鈴のようにいつまでも響くという「鳴竜」を聞く……。

そんなことをしていたら、時間はあっという間に過ぎていたのでした。そして私は気がつくと、日光見物をかなり、楽しんでいたのです。「日光を見ずして結構と言うなかれ」という昔の人の言葉は嘘ではなかったのだ！　と、日光の結構さ加減に、恐れ入ってみる。

そこでハタと思ったのは、

「東照宮は、ディズニーランドなのだ！」

ということなのでした。まず、ミッキーやドナルドのように、三猿や眠り猫といった有名人気キャラクターが存在する。有名キャラだけでなく、兎がいたり麒麟がいたり、さがせば建物のそこここに様々な可愛いキャラや変わったキャラが存在するのも、ディズニーランドと一緒。奥宮があり本社があり本地堂があり……と多くの建物があってそれぞれに異なる見物ポイントが存在するのも、様々なアトラクションがあるディズニーランドと同じ。さしずめ陽明門は、シンデレラ城といったところか。うーむ、ディズニーランドの原型は日光にあり。行く前はちょっと馬鹿にしていたような人（例：私）でも、いざ行くと楽しんでしまうという点でも、両者は同じだし。

……であるならば当然、お土産物も充実していなければなりません。ディズニーランドへ行った人がミッキーちゃんの缶に入ったクッキーを買うように、日光へ行った人は羊羹を買うのです。

私も羊羹を探しに行くことにしました。東照宮の正面を出て右手に行けば、日光のアンバサダーホテルとでも言うべき、クラシックな佇（たたず）まいの日光金谷ホテルが。そして駅と東照宮を結ぶ道には、様々なお土産屋さんがありますが、中でも目立つのは、何軒もある羊羹屋さんです。

私はその中の、三ッ山羊羹本舗へと入ってみました。お目当ての水羊羹も売られており、試食用のものを食べてみると、うむ、おいしい。

なぜこの時期に、水羊羹なのか。……というとつまり、「昔は冷蔵庫がなかったから」なのだそうです。元々、日光ではお土産物として羊羹が名物であったわけですが、それというのも羊羹というのは日持ちがするから。遠くから来ている旅人が持ちかえる物としては、うってつけのお菓子だったわけです。

しかし水羊羹は、練り羊羹と比べると日持ちがしません。夏場はすぐに悪くなってしまうため、寒い時期だけしか作れないお菓子であった、というわけなのです。

今となっては、日光では一年中作られている水羊羹。ですがやはり、これは寒い時期に食べた方が、「らしい」味なのかもしれません。

私も水羊羹を一折り買い求め、お土産としました。冷蔵庫でしっかり冷やした水羊羹を、暖かい部屋の中で食べる。一切れが結構大きめだけれど、あっさりした味なので、つるつるいける。行楽帰りの疲れた身にしみ込む甘味の有り難さは、行き先がディズニーランドでも日光でも、さほど違わないものであるよなぁ……と、二切れ目の水羊羹をつまみつつ、思うのでした。

三ッ山羊羹本舗
☎ 0288-54-0068
栃木県日光市中鉢石町914

群馬県　館林　かき氷

ある日新聞を読んでいたら、気になる記事がありました。夏の最高気温の全国上位に名を連ねる「暑苦しい自治体」三市がサミットを開き、どうしたら暑さをしのげるか話し合うことになった、というのです。

その中に入っていたのが、群馬県の館林(たてばやし)市。過去には三十九・九度になったこともあるという猛暑の土地です。

で、その館林市において市民達が夏の楽しみとしているのが、「ヤギヤのかき氷」なのだそうです。新聞記事にも、大きな氷にとろーりと練乳をかけている写真が載っていて、いかにもおいしそう。暑さの本場で食べるかき氷はさぞかし……！　と、思うが早いか行ってきました。

東武線で館林駅に着き、電車から一歩外に出ると、そこは本当に、もわぁーっと暑かったのでした。

「あづい……」

と、犬のように舌が出そうになります。

館林市は、群馬県の中でも最も東京寄りに位置している場所。群馬というと山や温泉のイメージがありますが、駅に立っても、山は全く見えない。暑い理由が、わかる気がします。

駅前の道をまっすぐ歩いていくと、ちらほらと「うどん」ののぼりや看板が。聞けば、館林は麺の町でもあるのだそうです。ためしに一軒のうどん屋さんに入って冷たいうどんを食べてみたら、なるほど関東のうどんとは思えぬしこしこっぷりで、第一印象は良好です。

が、しかし。やはり館林は、暑かったのでした。ヤギヤを目指して歩きだしたのはよいのですが、上からは直射日光、下からはアスファルトの照り返しが。汗がだらだらと、背中をつたいます。

ふと気がつけば、そこは館林のメインストリートであるにもかかわらず、ひとっ子一人、歩いていないのです。きっと暑くて誰も外など歩かないのでしょう、車がブイブイと追い抜いていくのみ。ちょっとレトロな風情の漂う無人の商店街が、暑さのあまりこの世のものともあの世のものともつかない感じでゆらゆらと揺れはじめた気がしたら……。

その時、前方に見えてきたのが、「氷」の旗だったのでした。

「ああっヤギヤ、あれだっ！」

と、砂漠でオアシスを発見したかのように、私はお店に駆け寄った。

外には誰も歩いていなかったのに、ヤギヤの店舗内は、かき氷を食べる人達でいっぱいです。とるものもとりあえず、私はいちごあずきを一杯、お願いしました。

昔ながらのガラスの器に盛られた氷が、間もなく運ばれてきました。お匙(さじ)ですくって食べれば、氷の冷たさが喉(のど)から胃へと沁(し)みわたる。

「くぅーっ」

と、ウメボシを口に入れた時のような表情で、しばし冷たさを堪能します。

夢中で氷をしばらく食べ、落ち着いてきたところで店内を見回してみると、ここはまさに、かき氷のためのみに存在するお店だということが、よくわかるのでした。

まず当然ながら、冷房は入っていない。メニューは約六十種類のかき氷のみで、お客さんはその中から自分の食べたいものを紙に書いて提出する。カウンターの奥では大きな氷の塊が次々と削られており、氷が置かれるテーブルは夏日があたり、イチゴシロップの赤が映えて、美しい。

氷はたっぷり盛ってあるので、食べているうちにテーブルにこぼれ落ちることもあります。

が、かき氷と一緒に布巾も出されるので、こぼれないようにそーっと食べる必要も無い。その布巾も、真っ白に洗濯されているのが、気持ちいい。

さらに感動したのは、氷を半ばくらいまで食べたところで、

「氷、足しましょうか？」

と言われたことです。つまり、上の方の氷を食べた後で、下にシロップなりあずきなりが残る。それをまたおいしく食べるために、ラーメンの替え玉ならぬ替え氷を入れて下さるというのです。

「別にお金をとるわけじゃないですけどね」

というところがまた、素晴らしい！

ヤギヤを見て私は、香川におけるセルフ方式のさぬきうどん店と共通する空気を感じたのでした。ものすごいサービスがあるわけではないし、店も素朴だけれど、店側と客側のうどんに対する愛があいまって、独特の居心地の良さを作り出している、あの空気。

ヤギヤは無論、セルフの店ではありません。が、自分で注文の紙を持っていき、自分で水をくみ、自分がこぼした氷は自分でふく。お店側は、清潔なお店でおいしいかき氷を提供してくれる。

ヤギヤは、大正末期に氷卸業として始まったお店が、今に続いているのでした。氷に使われているのは奥秩父の天然水だし、あずきも自家製（冬場は鯛焼き屋さんに変わります）。さりげなく、安価でおいしいものが「あうん」の空気の中で食べられるのも、セルフうどん屋さんと同様、地域に根ざしているからこそなのだと思う。

客層は、様々です。子供達は、一番シンプルないちごやメロンなど、二五〇円（安い！）メニューを。部活帰りの中高生は、三五〇円くらいの。なぜか妊婦さんも多かったのですが、確かに夏、大きなお腹を抱えて、氷を食べたくなる気分はよくわかる。皆、店に入ってくる時は暑さで真っ赤な顔をしているのですが、帰りはさわやかな表情に変わっています。

店を出れば、またそこはむわっと暑いのです。が、「暑苦しい自治体」も、おいしくかき氷を食べるには実に適した場所であることが、よーくわかった。館林の出身である向井千秋さんも、ここのかき氷を食べたかもしれないなぁ。……などと思いつつ、熱いアスファルトの上を再び歩きはじめた私の頭は、少ししゃきっとしていたのでした。

ヤギヤ
☎ 0276-72-1192
群馬県館林市大手町 8-34

埼玉県　川越　駄菓子

東京に住む者にとって埼玉県は、知っているようでいてほとんど知らない場所なのです。埼玉県に住んでいる友達もいるし、電車に乗ればすぐに埼玉県に行くこともできるのだけれど、なかなか行かない。ディズニーランドや海水浴のために千葉へ行ったり、中華街や箱根の温泉を訪れようと神奈川県へ行くことはあれど、埼玉県には足を踏み入れる機会が少ない。

つまりは華やかなイメージや、観光のイメージが少ない、埼玉。しかしそんな埼玉に、年間四百万人を集める一大観光地があるというではありませんか。してその街の名は……、「川越」。

私も、友人から聞いたことはあったのです。

「川越って、意外とイイよ」

と。東京のベッドタウン的なイメージが強い川越ではありますが、「小江戸」と称されるほど情緒ある街並みがそこには残っており、さらには芋菓子が名物で、「菓子屋横丁」といわれる場所もあるというではありませんか。それならば……と、隠れたる甘党の街・川越へと、行ってくることにしました。

川越は、池袋から東武東上線の急行に乗って、約三十分で到着します。川越駅はとても大きく賑（にぎ）やかで、〝本当にここが小江戸なのか？〟と疑わしくなる感じ。

が、しばらく街を歩いてみると、次第に川越の小江戸っぷりが、理解できてきました。交通量の多い街道沿いの民家がやけに古く、その窓には千本格子がはめられていたりする。お寺の数も多く、どこからともなく「ゴーン」という鐘の音が聞こえてきたりする。

「芋」という字も、頻繁に目にします。街のそこら中にはお菓子屋さんがあり、饅頭（まんじゅう）からパイ、シュークリームまで、ありとあらゆる芋菓子が売られているのです。思わず試食のお菓子を味見したり、芋菓子を購入したり。

そうこうしているうちに、喜多院というお寺に到着しました。徳川家ともゆかりのあるこのお寺には、江戸城の一部が江戸時代に移築されたりしており、川越が小江戸たる所以（ゆえん）となっています。敷地内には、お堂はもちろんのこと、庭園ありお宝あり五百羅漢（らかん）ありと、きっと江戸時代の人はここをテーマパークのように楽しんだのではないかと思わせるムード。ポーズも表情もそれぞれ違う五百羅漢（本当に石像が五百体以上ある！）にニックネームなどつけつつ、そぞろ歩きます。

喜多院を出て、次は蔵造りの建物が並ぶ街並みへと向かいました。ぶらぶら歩くには、丁度良い距離です。川越が観光地として注目されてきたのはここ十年ほどといいますから、まだ観光地としての初々しさのようなものが残っているところが、観光ズレしているこちらとしては新鮮。

蔵造りの建物は、「よくまあ東京からこんなに近くの場所に、これだけ残っていたなぁ」と思わせるものでした。江戸において、町屋形式として発達したというこの蔵造りではありますが、今の江戸、つまり東京でこのような蔵が多く残っているところは、既に無いのです。

やがて「菓子屋横丁」へと到着しました。さほど広い地域ではない文字通りの横丁に、十数軒の駄菓子屋さんが、ずらりと並んでいるのです。

なぜここに菓子屋横丁というものがあるのか。といえば明治初期、鈴木藤左衛門という人が、江戸っ子好みの気取らない駄菓子類をこの地で作ったのが最初なのだそうです。関東大震災の時は、東京の菓子問屋さんが軒並み焼失してしまったため、川越の菓子屋横丁はブレイクし、七十軒を超える菓子屋・問屋が立ち並ぶ盛況ぶり。数は減ったものの今に至る……ということらしいのです。

横丁はなるほど、右を向いても左を向いても、駄菓子屋さん。むぎ棒やかるめやき、ぽんせんべいといった駄菓子の中でもクラシックなものから、梅ジャムにソースせんべい、よっちゃんイカにマルカワのオレンジガムといったお馴染みのラインナップも充実。

ここでは、どんな年代の人も子供時代を思い起こすことができます。年配の方々も、

「子供の頃に食べた！」

と興奮しつつ品を選び、高校生くらいの子達も、

「あーこれこれ、懐かしーい。舌が真っ赤になっちゃうけど、おいしいんだよねー」

などと酢イカを買う。

菓子屋横丁は、さほど広くないからこそ、興奮が高まります。狭い道にたくさんの店があって人がごちゃごちゃいて、店の中には多様な商品があまり整然とではなく、並んでいる。その雑然感は、子供の頃に駄菓子屋さんで覚えた雑然感と全く同じで、ワクワク感を呼ぶ。

そういえば「ドン・キホーテ」の社長がテレビで、

「うちでは、様々な品物を整理しないで隙間なく並べる圧縮展示という方法をとっている。これだと人は目うつりして、色々なものを欲しくなる」

といっていました。が、圧縮展示とはそもそも、駄菓子屋さんが得意とする手法だったのでした。所狭しとたくさんの商品が並び、奥の方はホコリも積もっていかねない駄菓子屋さんだったからこそ子供達にとってはアメイジングで、あれもこれもと欲しくなってしまった。

そうなると江戸という街自体、圧縮展示の手法を使って造られたのかも、という気がしてきます。ごちゃごちゃと存在する小さな家は、安っぽくも不思議な魅力を湛(たた)えていたに違いない。そしてその圧縮っぷりは今も残り、私達の心をかきたてるのです。そう、江戸っ子は元来、圧縮が好きだった。

ひもつき飴(あめ)も欲しいし丸くて大きなガムも欲しいしラムネも欲しいし……。大人になった私は、駄菓子を箱買いできる財力を持っています。しかしケチケチしながら買うのも、駄菓子屋さんの楽しさの一つ。圧縮のラビリンスにおいて、飴玉一つに逡巡(しゅんじゅん)し続けるうちに、時間はあっという間に過ぎていったのでした。

川越菓子屋横丁会
稲葉屋本舗
☎ 049-222-2513
埼玉県川越市元町 2-7-6

埼玉県　上長瀞　かき氷

言うまでもなくかき氷は、暑ーい日に、汗をだらだら流しながらシャクシャク食べるのが最もおいしい食べ方なわけです。

が、ふと気がつくと私達はいつも、冷房の効いた甘味処（どころ）で、

「うー寒い」

などと、苦行のようにかき氷を食べている。

かき氷は、氷とシロップという二つの要素だけで成立する、シンプルな食べものです。が、かき氷を食べる「環境」。これも、おいしいかき氷が成立するには決して欠くことのできない、三つ目の要件であると言えましょう。

秩父鉄道で上長瀞（かみながとろ）駅に着くと、そこは夏休みの絵日記に出てきそうな、駅だったのでした。

虫カゴと網を持った少年。青い空には入道雲。セミの鳴き声。山が幾つも、重なって見える。夏の匂いが、する。

少し歩くと、間もなく「阿左美冷蔵」が見えてきました。私は今日、一杯のかき氷を食べるために、ここに来たのです。立ち止まった途端、背中を汗がツーッと、つたっていきます。

昔ながらの民家にお邪魔するような感覚で奥に入っていくと、庭でたくさんの人がかき氷を食べていました。どの顔も一様に、幸せそうです。

阿左美冷蔵は、明治二十四年から続く氷屋さん。といっても、凡百の氷屋さんと一緒にすることはできません。秩父の山中で、荒川水系の天然水だけを原料に、電気などは一切使用せず、自然の力だけで天然氷を作り続けているのです。

私も、木々に囲まれた庭で、天然氷で作られたかき氷をいただきました。夏の暑い空気。焼き物のブタの中で蚊取り線香がたかれ、遠くに秩父鉄道の音が聞こえる。そんな中で食べるかき氷は、とてもおいしい。

普段私は、かき氷を食べる時はいつも、途中で飽きてしまうのです。口の中がひえきって、「もう、いいや」と残したりする。

しかしここのかき氷は、あっという間に平らげてしまったのでした。氷によって中から冷やされた身体と外気の暑さとが、ちょうど良いバランスになるのです。

あっという間に平らげてしまったかき氷ではありますが、実はこの氷を作るには、ものすごい手間暇がかけられているのでした。濁りの無い、透明度の高い氷を作るには、太陽の光が当たらないようにしなくてはならないので、氷を作るためのプールは、陽の当たらない山かげにある。

プールに入れられた川の水が、自然の温度で凍ってくるのは、十二月半ばから。少しずつ氷は厚さを増していき、約一ヵ月後には十五センチの氷に育ちます。

その間、氷にゴミなどが入ってはいけませんから、氷の表面は毎日、掃き清められる。雨や雪も、当たらないようにしなくてはなりません。まさに大切に大切に育て上げられた、氷なのです。

完成した氷を切り出すのは、一年に一度だけ。約四十トンの氷の〝収穫〟が保存され、今こうやってかき氷となっているのでした。

阿左美冷蔵四代目の阿左美哲男さんは、手間暇かけて氷を作るという仕事の他にもう一つ、アーティストとしての顔も、持っています。そもそもは趣味で木版画をしていらしたのですが、ふと氷を使って版画を創ってみようと思い立ち、これがまた独特の技法として注目された。さらには、氷の収穫を終えた後、再び氷結したプールにおいて、氷を使用した彫刻なども創っているのです。

私も、作品を写真で見せていただきました。氷の彫刻というと、よくホテルのパーティーの中央に置かれたペガサスの像、みたいなものを想像するわけですが、阿左美さんの作品はもっとシンプルで、緊張感のある美しさ。

氷のプールに創られる作品は、知り合い等、ごく限られた人にだけ公開されるのだそうです。もっと大勢の人が見たいだろうなぁ、という気はしますが、冬の秩父の山中でひっそりと、ロウソクの光に照らされた美しい氷を見ている人がいる、という状況がまた、美しいのかもしれない。

ホテルの宴会場で見る氷の彫刻と、阿左美さんの作品との最も大きな違いは、阿左美さんが「氷の本当の美しさ」を、熟知している部分だと思います。氷を作っている人しか知り得ない美しさが、氷が本来あるべき場所で、表現されている。そりゃあ、宴会場のペガサスとは、自ずと風格が異なりましょう。

当然ながら阿左美さんは、柔らかくてまるみのある天然氷の味も、熟知しています。ですからかき氷のシロップは、どれも氷の味を消さない、シンプルなものばかり。自家製の梅酒、秩父ワインを使ったかき氷も、おいしそう……。

阿左美さんは、

「氷で創ったアートなんかはさ、放っておけば解けて消えちゃうから、いいんだよね」

と笑います。

人は普通、何か形のあるものを残したくて、必死になるものです。が、

「解けて消えちゃうから、いい」

と言い切るその姿勢は、何だか格好よかった。

「枕草子」の第三九段「貴(あて)なるもの」には、「水晶の数珠」「藤の花」「いみじううつくしき稚児の、苺(いちご)など食ひたる」といった項目と並んで、「削り氷(ひ)に甘葛(あまづら)入れて、あたらしき鋺(かなまり)に入れたる」という文が出てきます。清少納言の時代にも、氷室で保存した氷を削って、甘いシロップをかけて食べるという食習慣があったのです。もちろんそれは、実に高級で、実に「貴(あて)」だった。

「死ぬまでに、枕草子に出てくる『甘葛』がかかったかき氷を再現して、メニューはその究極のかき氷だけ、っていう風にしてみたい」

とおっしゃる阿左美さん。宮沢賢治の「永訣(えいけつ)の朝」ではないけれど、私も死ぬ前に一度、その〝究極のかき氷〟を食べてみたい……！　と、切に思うのでした。

阿左美冷蔵
☎ 0494-62-1119
埼玉県秩父郡皆野町金崎 27-1

千葉県　勝浦　きんつば

朝市という言葉は、人の心を沸き立たせるような響きを持っています。地元産の新鮮な食べ物が並び、おばちゃん達と会話しながら買物を楽しむ。時にはちょっと味見させてもらったりして……という、イメージ。

私のこの朝市に対するイメージは、しかしほとんどテレビの旅番組から得たものなのでした。村野武範とかが、

「おばちゃん、これいくら？　ちょっとオマケしてよ！」

などと言いながら朝市をそぞろ歩く、そのテレビで見た光景によって、私の朝市イメージは形成されている。

朝市は、日本の各地で行なわれています。が、朝市は何といっても、朝の市。早起きが苦手

な私にとっては、「すごく行ってみたい、でもどうしても行けない」という存在なのです。東北のある街では、自分なりにものすごく頑張って早起きをしたつもりなのに、朝市会場にたどりついてみたら既に朝市はとっくに終了。大根の葉っぱ一枚落ちていなかった……という苦い思い出もありましたっけ。

しかし今回、そんな失敗は絶対に許されません。目指すは、千葉は勝浦の朝市で売られている「きんつば」。

「寝坊しちゃいましたー」

では済まないのです。

朝市を目指すからには、いくら隣県・千葉とはいえ、前泊で臨む私。東京駅から外房線のわかしお号に乗って、一路勝浦へ向かいました。

海水浴にはまだちと早い海には、サーファーがちらほら。カツオの水揚げ高が日本有数という漁港では、釣り人達が、糸を垂れています。その辺を歩くおっちゃんは、漁師町特有の赤銅色の顔に、深く刻まれたシワが、格好いい。

宿ではもちろん、カツオを食べました。今日は早寝をして、明日の朝市に備えなくてはなりません。

……と意気込んでみたはいいものの、実は私、「明日は早起きだ！」と思うと、緊張してよく眠れないたちなのです。今回も案の定、そのパターン。眠れなーいと悶々とする中で、五時半起床、そして六時半には、目指す朝市へ。

勝浦の朝市は、四百年ほど前、海で採れた海産物と、陸地で採れた野菜などを交換する市として土地の殿様が始めて以来、ずっと続いているというもの。今も、たくさんの種類の野菜や山菜の店（というか、おばちゃん達が地面に広げて売っている）と、魚介類の店とが並んでいます。

その中で異彩を放っていたのが、「きんつば」と書かれたリヤカーの屋台だったのでした。早速行ってみると、まだ焼き始めたばかりだったので、お話をうかがいながら、焼き上がりを待つことにしました。

きんつばを売っているのは、赤沼恒夫さん、ふみさんのご夫婦。八十歳と七十八歳（二〇〇三年当時）ながら、朝市がお休みの水曜日以外は、毎朝屋台を出しています。そしてなんと、朝市できんつばを売って、五十年以上！　朝市一、古いお店です。

きんつばと言うと、直方体のお菓子を想像しますが、勝浦できんつばというと、東京で言うところの今川焼きのことなのです。

「子供の頃は東京の新橋に住んでたんだけどね、錦糸町の錦糸公園の裏でおじさんが売ってた今川焼きがおいしくって、自転車に乗ってよく食べに行ってたんだよ。で、戦争から帰ってきてからふと思い出して錦糸公園行ってみたらまだそのおじさんがいてね。で教えてもらった。それから生まれ故郷の勝浦に来たの」

と言うご主人の語り口は、なるほど東京で子供時代を過ごしただけあって、江戸っ子調。ふみさんは屋台の前に座って、焼き上がったきんつばを次々とお客さんに渡していく。

「はい二個で八十万円」

「はいお釣りは二十万円」

という口調もいい感じですが、それにしても一個四十円という値段は驚異的。

「二人で食べていけさえすればいいんだからね」

と、ふみさん。

私も、焼きたてのきんつばをいただきました。普通の今川焼きより少し小さめのサイズで、ゴマ入りの皮はほとんど甘くなく、餡（あん）は甘味が強めというそのコントラストが、おいしい。血糖値が上がって、朝のボーッとした頭が動いてきます。

「錦糸公園の裏のおじさんに教わったままの作り方だからね。大正時代と同じ味。この小さめの型もね、昔はみんなこの大きさだったけど、今はもう売ってないんだよ」

と語りつつも、ご主人の手は素早く次々と、きんつばを作っていきます。それが作った端から、売れていく。この作業を五十年以上も毎朝……と思うと、日々の自分の怠惰な暮らしが反省されてこようというものです。

「ごちそうさまでした、お元気で！」

ときんつば屋さんを後にした私は、朝市をぐるりと巡ってみました。路上に並べられているものは、どれもこれも、おいしそう。とれたての空豆など購入し、七時から店を開けている近くの食堂で、アジを叩いて味噌(みそ)味で焼いた〝さんが焼き〟をおかずに、ご飯を平らげたのでした。

ああ、しかしそれでもまだ八時。普段なら起きてもいない時刻です。まだまだ時間はたっぷりあるということで、私はタラソテラピーで有名な「テルムマラン」へと、つい向かってしまったのでした。

やりつけない早起きをしたせいで、勝浦の海水が満たされているプールに浮かびながら、ついぐーぐー寝てしまった私。

「早起きは三文の得って、本当だにゃあ」

と、朦朧(もうろう)とした頭で思います。

あ、でも勝浦の朝市は十一時半まではやっています。勝浦へおでかけの皆さん、本当はもうちょっとお寝坊しても大丈夫、ってことで……。

きんつばや
勝浦朝市内下町朝市通り

東京都　浅草　みつ豆

東京二十三区の西の端、杉並で生まれ育った私にとって、浅草は物理的にもそして心理的にも、遠い場所です。

子供の頃は、同じ東京に「下町」という地域が存在することは知っていたものの、その実態は理解の範疇（はんちゅう）外だった。

大学時代に下町の男の子と付き合った時も、相手の地元でデートをする時はいつも、アウェイで戦うような気分でした。もんじゃの焼き方にいかに下町っ子が誇りを持っているかとか、花屋さんの店頭にまで「シヤシンス」（=ヒヤシンスの意）と書いてあるような発音法はいちいち面白がったものの、だからこそ〝ここは、私の陣地ではない〟という意識を常に持たざるを得なかった。

明らかに私の陣地ではない下町に対して、しかし限りなく愛着を抱いてしまう面が一つ、あるのです。それは他でもない、「やたらと甘味店が多い」ということ。浅草の駅を降りて、どちらの方向に歩いていっても、そこには甘味店がある。それは浅草に限ったことでなく、下町という地域は私の陣地である東京西部とは比較にならないほどの、対人口比の甘味店率を誇るのです、たぶん。

下町は昔から栄えていた場所であり、庶民の町。さらに浅草は浅草寺の門前ということもあり、お参り帰りの人々も多い。昔からの甘味店が多いのも、自明であるといえましょう。

さらに浅草は、なんと「みつ豆発祥の地」だというではありませんか。今でこそ当たり前のようにみつ豆やあんみつを食べる私達ですが、そんなものが全く存在しなかった時に初めてみつ豆を考えたのは、一体どんな人だったのか……？　ということで、今回はみつ豆の聖地巡礼気分で、浅草へと向かいました。

みつ豆発祥の店。それは、浅草の「舟和」です。舟和と言えば、芋羊羹やあんこ玉など、デパートの地下でもよく売場をみかける有名な店です。しかしその舟和がみつ豆を最初に出した店だとは、知らなかった。

観光客で賑わう仲見世を途中で左折したところに、舟和の本店はあります。店頭にはお馴染みの芋ようかん、色の美しいあんこ玉などが並んでいる。私は早速二階の喫茶で、元祖みつ豆をいただきつつ、お話をうかがいました。

そもそも「舟和」は、明治三十年代の前半、浅草寿町にて、芋や寒天、炭などを扱う問屋を営んでいた小林和助という人が始めたお店なのだそうです。当時は高級品だった練り羊羹が、何とか庶民の口に入りやすいものにならないだろうか、と考えて手近にあった材料で作ってみたのが、芋ようかん。その際に相談に乗ってくれた友が船橋に住んでいた石川定吉さんという人であったことから、船橋の〝舟〟と和助の〝和〟をとってお店の名前が「舟和」になった、らしい。

私は、この短い逸話に非常な興味を覚える者です。和助さんと、その友である定吉さん。きっと二人とも、甘いものが好きだったのだろうなぁ。そして二人の間には、何とも微笑ましい友情があったのだろうなぁ。……と、思えるから。

「あー、羊羹喰いてェな」

「でも羊羹は高ェよな」

「芋で作れねェかな」

「作ってみっか」

といった下町らしいテキパキとしたやりとりが明治の時代、男二人の間でなされてたかと思うと、私は嬉しくなる。もちろん私は和助氏にも定吉氏にも会ったことはないのですが、甘味好きとしての同胞意識すら、湧いてくるのです。

新商品開発への意欲は、芋ようかんだけでは収まりませんでした。明治三十五年に「舟和」ができたその翌年には、みつ豆が開発されたのです。

そもそもその発想は、新粉細工にあったようです。新粉細工とは、米の粉である新粉を、舟や鳥など、様々な形に細工したもの。江戸時代の末期から子供相手の駄菓子として、新粉細工にえんどう豆を入れ、蜜をかけたものが売られていたそうなのです（ちなみに今でも日本に二人だけ、新粉細工の職人さんがいるらしい！）。

和助氏は、その駄菓子における蜜と豆、という組合せに注目しました。かつて自らの問屋で扱っていた寒天と蜜と豆とを組み合わせたところ、

「おおっ、結構いける！」

ということになったのではないか、きっと。

舟和では、寒天と豆を銀の器に入れ、煮あんず、パイナップル、ぎゅうひといったトッピングも加えて、みつ豆として売り出しました。それも、ただ売っただけではありません。その名も「みつ豆ホール」という喫茶まで作ってしまったのです。

当時の人々にとって、第一の繁華街・浅草のみつ豆ホールでみつ豆を食べることが、いかに

お洒落(しゃれ)でウキウキすることであったかは、想像に難くありません。今のように娯楽も多くない時代において、それは、夢のように楽しい時間であったのではないか。そして和助氏も、人々が楽しそうにみつ豆を食べる姿を眺めながら、とてもとても、嬉しい気分になったのではないか。

そして、今。

私は、明治の時代とほとんど変わらない、みつ豆を食べています。私の心には、おそらくは明治の人々が感じたであろう同じウキウキ感が、ある。さらに言えば、全国の甘味店でみつ豆を食べる人達の心でも、同じことが言えるのではないか。みつ豆という新しい食べ物を作り出したことによって、和助氏は百年以上も続くウキウキ感を、世に残すことになったのです。

手近な材料で、庶民の口に入りやすい甘味を開発した、下町男子。そこには下町っ子の意気、のようなものが感じられます。そしてその意気っぷりは、今も「舟和」の甘味の非常に良心的な価格と味に表れており、やっぱり私は下町に対して、自分のホームタウンとは根本的に違うすごさ、のようなものを感じずにいられないのでした。

舟和本店
☎ 03-3842-2781
東京都台東区浅草1-22-10

東京都　新大久保　ホットク

今やリトル・コリアとして有名な、東京は新大久保周辺。確かに、町を歩けばハングルの看板がいっぱい。商店街のアナウンスは、韓国語に中国語にタガログ語でも流れる……といった具合で、日本ではないような場所です。

そんな新大久保ですが、昔は——といっても五十年以上前——は、ごく普通の閑静な住宅街だったそうなのです。なぜそんなことを私が知っているのかといえば、今は亡き私の祖父が、関東大震災よりも前に、今は歓楽街として有名な百人町に住んでいたから。かつて、江戸城を護る鉄砲組百人隊が住んでいた町ということでその名がついた百人町は、明治の時代以降も軍人や文人などの多く住む場所だった、のだそうです。

父祖の地ということで、我が家のお墓があるお寺は、新大久保の商店街のド真ん中に存在します。タガログ語のアナウンスなどを聞きながら仏花などを持ってお墓参りに行くのは、何ともいえない感覚。「お墓の中のおじいちゃん・おばあちゃんも、この現状にさぞ驚いているだろうなぁ」と、いつも思うのです。

そんな新大久保は、今や私達にとって、ある種のテーマパークのような存在感の場所です。新宿から歩いていける場所ながら、看板にかいてある言葉の意味が全くわからない。ＰＣバン（韓国風インターネットカフェ）や、ソウルへの航空券安売り代理店などが自然にある様子は、ここが、ハウステンボスやチボリ公園のように〝わざわざ造った異国〟ではないことを、如実に証明していますが。

リトル・コリアへは、大人数で行くのが、楽しいのです。私も今回は、夜の八時に女子四名で新大久保駅前で待ち合わせ。駅前を通り過ぎる人々の話す言葉の意味がわからないところに、「新大久保に来たのだなぁ」という、軽い旅情を感じます。

メンバーが揃ったら、まずはラブホテル街の中を進みます。ホテル街にはアヤシイ人影もありますが、素早く通り抜けて韓国料理店へ。チャプチェ。ケジャン。チヂミ。鍋。……マッコリなど飲みつつ、とにかく食べる。くだらない話などしながら怒濤（どとう）のように、食べる。

すっかりお腹いっぱいになったら、

「ぐるじー」

などと言いながら、職安通りへ。韓国CDショップや韓国食材スーパーなどをひやかしつつ、たまに韓国焼きのりなど購入しつつ歩いていくと、やがて目の前に、巨大な真っ黄色のドン・キホーテが出現します。

そしてこのドン・キホーテの前に出ている屋台こそ、今回の甘党流れ旅の目的地。「21世紀HOTOK」なのでした。

ここで売られているのは、屋台の名前そのまま、「ホットク」という韓国の庶民的なお菓子。見た目は日本のおやきを平たくした感じです。具は三種類、ハチミツとアンコとチーズなのですが、一番人気はハチミツ。私もハチミツ味が好き！

あつあつのハチミツホットクを購入し、さっそく路上でかじりつきます。皮はおやきと違ってモチッとしており、中にはトロリとしたミツが。さらにシナモンの香りが決め手となって、お腹がいっぱいでもなぜか、食べられてしまう。

私達がホットクを立ち食いしている間にも、屋台には次々と人がやってきます。自転車のおばちゃんが、慣れた調子で韓国語で注文し、買っていく。ドン・キホーテでいっぱい買い物をした人も、買っていく。既に時計は十一時をまわっていますが、ドン・キホーテ前は妙に活気があるのです。そしてこの活気は、深夜の二時、三時を過ぎても、まだ続く。

私達も、ドン・キホーテに入ってみました。ブランド品から食品まで、ありとあらゆる物が並んだ店内に、ありとあらゆる国籍の、ありとあらゆる年齢層の人がいる店内は、実に不思議なフュージョン空間。国際化って、もうとっくにこういう場所においては進んでいるのだなぁ、ということが、何となくわかる。

韓国料理にしても、韓国おやつにしても。韓国の食べ物に対して私達が「おいしいっ！」と思う感覚というのは、イタリアンやフレンチを食べた時の「おいしいっ！」とは、少し違うような気がするのです。韓国フードを食べた時の「おいしいっ！」は、たとえそれが初めて食べたものでも、身体のどこかでかつて知っていたような味。他人ではない味、という感じです。

ホットクにしても、そう。小麦粉の皮の中に何かの具を入れるという発想は、日本だけでなくアジアに共通してあるものだから、非常に親しみはある。けれどそこにシナモンをきかせたハチミツを入れて、ぺったんこの形に焼くという発想が、何とも異国。この「半分わかる、半分わからない」という感覚が、韓国フードを味わう時の最大の醍醐味なのです。

新大久保という場所も、私にとっては父祖の地でありながら現在はリトル・コリアという、「半分わかる、半分わからない」街。けれどその感覚が、どこか心地よかったりもする。かつて自分の祖父が住んでいた場所に、今は韓国の人達がたくさん住んでいると思うと、世の中は変わり続けていくのが当たり前であって、「普通」とか「ずっと同じ」なんてことはあり得ないんだよなぁ……などという、ちょっとした無常感のようなものも、味わうことができるのです。

深夜、小腹が空くと〝ああっ、ハチミツホットクが食べたいっ！〟などと思う私。それは、「半分わかる」からこそ、癖になる味。今から新大久保へ行けば、まだホットクが食べられる！　という誘惑と戦うのは、かなりつらいのでした。

21世紀ＨＯＴＯＫ
☎03-3232-5556
東京都新宿区大久保1-12-6ドン・キホーテ新宿店前

東京都　向島　長命寺桜もち

幕末から明治の初期に活躍した劇作家で、河竹黙阿弥という人がいます。彼が書いた「三人吉三」などを歌舞伎で観たことがある人も、多いのではないでしょうか。白浪狂言と言われる、盗賊を主人公とした芝居を得意とした人です。

その河竹黙阿弥が書いた「都鳥廓白浪」は、別名「桜餅」と言われる芝居です。京都の侍・山田六郎が腰元・梶野と不義をしたのが露見して二人で江戸に逃れ、隅田川の長命寺堤で梶野は桜餅屋を始める。そうこうするうちに元のあるじのお家騒動に巻き込まれて……というお話。

今も、隅田川堤には「長命寺桜もち」があります。とはいえ「都鳥廓白浪」は架空の芝居ですから、腰元だった梶野が始めたお店ではない。河竹黙阿弥がこの芝居を書いた天保の頃に

「長命寺桜もち」のお店は既に存在し、とても流行（はや）っていた。その流行りの桜もち屋さんをモデルとして書いたのが「都鳥廓白浪」なのです。

「長命寺桜もち」が売られるようになったのは、一七一七年、享保の時代。千葉の銚子から出てきた山本新六という人が長命寺で働いている時、隅田川の桜を見て〝この葉っぱをどうにかできないものか……〟と考えた末に塩漬けにし、桜もちというものを作ってみたのが最初、なのだそうです。

江戸時代、長命寺の桜もちは大変なヒット商品だったらしい。一年間で三十八万個以上が売れたという記録も残っています。ベルギーワッフルとかナタデココ（古い？）が流行ったように、江戸の町では桜もちが流行ったのでしょう。

しかし「長命寺桜もち」がすごいのは、ベルギーワッフルやナタデココのように、一過性のブームで終わらなかったところです。江戸時代、芝居のモデルとなったほどの桜もちブーム以来、そのブームは現在まで続いていると言ってもいいのですから。

桜もちを求めて向島の地まで行くと、隅田川を望む墨堤通り沿いに、「長命寺桜もち」がポツン、という感じで存在していました。のれんをくぐる時、私はちょっと江戸時代の小娘のような気分になります。きっと江戸時代の娘っこ達は、

「桜もちよ！」

「嬉しいっ、食べてみたかったのアタシ！」

「おとっつぁん達にもお土産に買っていってあげなくっちゃあ」

などとキャアキャア言いながら、桜もちの行列に並んだに違いありません。

現代の「長命寺桜もち」においても、売っているものは桜もちのみ。持ち帰りのほか、店内で食べることもできます。

私も、娘っこ気分で桜もちを食べてみます。杉箱に入った桜もちは、二個。大きな桜の葉が一個につき三枚ついているので、おもちの姿は隠れています。

かねてより、桜もちにおける桜の葉はどうするのが正しいのか悩んでいた私は、お店の方にうかがってみました。すると、

「そもそも桜の葉は、香りづけと乾燥を防ぐためにつけているものなんです。外していただいても、一緒に食べても、どちらでも」

ということ。三枚ついている葉を一枚とるとか二枚とるとか、人それぞれの好みがあるのだそうです。

ちなみに私は、葉は全て外して食べる派。今まで〝葉を残して食べるのはダサいのではないか〟と薄く不安に思っていたのですが、今日からは安心して葉を残すことができるかと思うと、

ちょっと嬉しい。

長命寺の桜もちは、道明寺粉を使用したものではなく、小麦粉を水で溶いてクレープのように焼いた生地に、小豆と砂糖だけで炊いたこしあんを包んだものです。生地もあんこも実にシンプルであるからこそ、桜の葉の香りが生きる。なまじっかなハーブなど、目ではありません。桜もちに使用されている葉は、今では隅田川の桜のものではなく、伊豆の松崎の畑に植えられている、オオシマザクラの葉っぱ。この桜の葉が最も香りが良いのだそうです。

この桜もちを食べながら隅田川の桜を観るというのは、江戸時代の人にとって大きな楽しみだったろう、と思います。江戸時代の人は花見のために船を仕立て、その船で桜もちを買いにきたらしい。満開の桜、晴れ着姿の花見客、隅田川の波、そして桜もち……。それはさぞや豪華な風景であったことでしょう。河竹黙阿弥が芝居を書きたくなったのも、わかろうというものです。

河竹黙阿弥は、隅田川近辺を舞台にした芝居を色々と書いています。昔っから江戸の、そして東京の中心であったこの辺り。恋も盗みも殺しも……といったドロドロとした人間ドラマがたくさんあったに違いなく、そのドラマをいちいち、隅田川の水は飲み込んできたのです。確かにこの辺りの町の風情や人の顔からは、青山辺りのツルツルした空気とは全く違うものが感じられます。

第二次世界大戦中は、砂糖も全く手に入らず、「長命寺桜もち」は作られていなかったとのこと。しかし戦争が終わった後、

「桜もち、作ってよ」

と、お客さんから声がかかった。とはいってもなぁ……と地下室を見てみたところ、桜の葉の塩漬けをした樽が残っていたというではありませんか。樽の上の方の葉は使えなくなっていたけれど、下の方の葉は何とか使うことができ、見事、長命寺の桜もちは復活した。

桜の葉を見て「桜もちを作ろう！」と思い立った山本新六の発想もすごいと思います。しかし桜もちブームを今の世まで、三百年近くも続けてきたその継続力も、またすごい。さらには他のものには手を出さず、桜もち一本でやってきているという潔い姿勢も、江戸っぽいではありませんか。

甘さも舌触りも香りも、とても優しい長命寺の桜もち。しかしその味の裏には、カリッと硬質な、そして爽快(そうかい)な意気、のようなものが感じられてならないのでした。

〈追記〉現在は、桜もち一個に煎茶がついて二五〇円です。

長命寺桜もち
☎ 03-3622-3266
東京都墨田区向島5-1-14

東京都　柴又　草団子

子供の頃、父親に連れられて、家の近くの映画館で「男はつらいよ」を観たことがあります。今はもう無くなってしまったその映画館において、あまりよく意味もわからずに寅（とら）さんの映画を観たことを思い出すと、私は何となく、ひなたの匂いを思い出すことができるのです。

もしかすると、寅さんのことを知らないという人もいるかもしれません。寅さんこと車寅次郎とは、山田洋次監督の「男はつらいよ」シリーズの主人公。しかし寅さんを演じ続けた渥美清さんが亡くなったことによって、四十八作続いた寅さんシリーズは、終わってしまいました。

寅さんは、「生まれも育ちも葛飾柴又（しばまた）」。同じところに居続けるのを好まぬ性質の彼は、毎回フーテンの旅に出ます。旅先においても、また帝釈天（たいしゃくてん）の参道で団子屋を営む実家にたまに戻った時も、彼の身辺には賑やかな騒動が起こる、というのが寅さんシリーズのパターン。

映画には毎回、寅さんがほのかな恋心を抱く「マドンナ」が登場するのですが、寅さんとマドンナの恋は淡いまま、実らずに終わってしまうのも、いつも同じでした。日本国民は、寅さんが幸せになればいいと思いつつも、実らぬ恋に少しホッとしたりもしていたのです。

「帝釈天で産湯をつかい……」という口上でお馴染みの寅さん。帝釈天へと続く参道は京成柴又駅のすぐ前から始まっており、その参道に寅さんの実家のモデルとなった団子屋さんである「高木屋老舗」も、あります。

まずはお参りを済ませてから、と私は帝釈天へ向かいました。参道も境内も、旗を持ったバスガイドさんに率いられた、懐かしいスタイルの観光客でいっぱいです。その多くは中高年の方々で、寅さんと「男はつらいよ」に対して、限りない親しみを抱いている世代と見受けられる。

私も、葛飾柴又の帝釈天は、寅さん映画の中だけでしか、知らなかったのでした。初めて行った帝釈天は、たとえば浅草寺&仲見世といった超メジャー観光地とは異なり、小体でグッと家庭的な空気。山田洋次監督が、寅さんの舞台を探している時に「ここだ！」とピンときたというのも、理解できようというものです。

帝釈天では、善男善女達が熱心にお参りしています。何となくここでは、「世界平和」といった壮大なことをお祈りするよりも、「おばあちゃんの腰痛がよくなりますように」的なことをお祈りする方が、似合う雰囲気。私も一生懸命、自分の半径一メートルくらいの事象について、お祈りしてみる。

さらに庭園を拝観し、近くの寅さんの記念館や、矢切の渡しで有名な江戸川にも足を伸ばしてから、いよいよ帝釈天参道の高木屋老舗へ。店内の観光客達は、名物の草団子を食べ、あるいはビールを飲み、それぞれ非常に楽しそうにしています。寅さんの映画で見た団子屋さんで団子を食べられることが、嬉しくてたまらないのでしょう。

私も草団子を食しつつ、記念写真を撮ったりして、思い切り観光客気分に浸りました。観光バスに集合する時間を気にしつつも盛り上がる周囲の善男善女達の顔は、皆子供還りしています。

高木屋老舗の草団子は、門前系甘味がどこでもそうであるように、お皿の上の団子につぶ餡がのっているという、非常にシンプルな作りです。つぶ餡の味も素朴で、おばあちゃんちの手作りの味、という感じ。この団子を食べるとおそらく、葛飾柴又に初めて来た人も、またおばあちゃんちで団子など食べたことのない人も、きっと懐かしさを感じることでしょう。

そして、その懐かしさの何割かは、おそらく寅さんによって醸成されているものなのです。

数多（あまた）の観光地と比べても、柴又にいる観光客達の顔が妙に幸せそうに見えるのも、きっと寅さんのせい。

寅さんはそれほどまでに、日本人に好かれているキャラクターなのです。どうしてなのだろうなぁ、と考えてみると、それはやはり寅さんというキャラククーが、最後まで「旅人」だったから、なのではないかと私は思う。

私達日本人は、旅人という人種に対して、限りない憧（あこが）れを抱いています。映画やテレビの主人公としても、寅さんをはじめとして、水戸黄門とか裸の大将（知らない方に注：山下清という放浪の天才画家をモデルにしたドラマや映画が、かつてヒットした）とか、各地を旅する漫遊系のヒーローが大人気。

普通の人々は、行きたくなったからといってふらっと旅をするわけにはいきません。が、漫遊ヒーロー達は、その夢を叶（かな）えてくれる。彼等はいつも自由で、様々な場所に行っては恋をしたり、おいしいものを食べたり、トラブルに巻き込まれたり、人情に触れたりしてきてくれるのです。日本の庶民達は、寅さんという漫遊ヒーロー界の一大スターに、自らの「自由になりたい」という希望を託してきた。

帝釈天の参道にある団子屋さんというのは、同じ場所に住み続けている普通の人々と、フーテンの旅を続ける寅さんとが接触する場所です。人々は寅さんに対して、

「ちょっとは真面目になれ」

みたいなことを言いながらも、内心では自由な寅さんに対して、羨ましさをも感じていたのではないか。

本当は、寅さんも大変なのです。普通の人々は、自由を売ることによって安定を買うわけですが、寅さんは安定を売って、自由を得ている。寅さんの内面にはおそらく、深い哀しみや孤独もあったことでしょう。まさに、「男はつらいよ」。

寅さんはしかし、ちっともつらそうな顔を見せずに、最後まで旅をしていました。寅さん亡き後、私達の自由に対する夢を体現してくれるような漫遊系スターは、もう現れることはないのだろうなぁ……と思いつつ、安定というものを売り払う勇気の無い中途半端な旅人である私は、帝釈天を後にしたのです。

高木屋老舗
☎ 03-3657-3136
東京都葛飾区柴又7-7-4

神奈川県　鎌倉　力餅

私は、記憶力に致命的な欠陥を持つ者です。特に外国語やカタカナを覚えるのは苦手であり、高校時代に世界史か日本史を選択する時も、カタカナを覚えるの嫌さに、日本史を選んだ。では日本史は得意だったのかといえば、もちろんそうではありません。日本史でも年号は覚えなくてはならず、試験の度に、自らのあまりの記憶力の悪さにほとほと情けなくなって、涙すら滲(にじ)んできたものです。

そんな私が、学校の日本史の授業を通じてただ一つ記憶することができた年号。それが、「イイクニつくろう鎌倉幕府」、でした。嘘でも謙遜(けんそん)でもなく、私は一一九二年に鎌倉幕府ができたということ以外、日本の歴史における出来事がいつ起きたのか、全く記憶していません。ですから昔の年号を言われても、「イイクニ」より前か後かという判断しかできない。日本人失格ともいえる、歴史認識なのです。

イイクニのお陰で、鎌倉には親しみを持っている私。とはいえ東京人にとって鎌倉は上品な古都であり、土足で踏み荒らしてはいけない印象があることも事実です。

鎌倉は実際、東京から至近距離の通勤圏という側面も持ちながら、足を踏み入れてみれば、凡百のベッドタウンとは明らかに異なる雰囲気を湛えています。

通常、ベッドタウンといえば都会からあふれ出た人が住むために新しく造成された街。ところが鎌倉の場合は東京などという都よりもずっと歴史が古い。何せイイクニつくろう、なのですから。

そのせいか、鎌倉から東京に通勤している人がいると、

「遠くて大変ですね」

というよりも、

「優雅ですねぇ」

と言いたくなる。鎌倉人の場合は、東京まで通ってやってる、という雰囲気が漂うのですね。

東京人にとって憧れの古都、鎌倉。しかし鎌倉は京都人にとっては「野蛮な東国」らしいのです。手元の『日本史辞典』を見てみれば、京都に都ができたのは「ナクヨうぐいす平安京」(うーむ、この語呂合わせも聞いたことあるかも)、ということで七九四年。平安時代に雅ムー

ドを極めていた京都の都会人から見てみれば、イイクニ・鎌倉幕府など「どこの田舎ですか？」という感じだったのでしょう。

今回訪ねた、長谷の「力餅家」。その由来を聞いていると、鎌倉が田舎だった頃というのが、なーんとなく想像できてきます。

力餅という名のお菓子は、日本各地に存在します。たいていは「食べると力が出る餅」ということで、山や峠を越える時に食べるもの、的ないわれが存在している。

鎌倉も三方を山に囲まれた場所であり、力餅は元気を出して歩くために食べる餅、という役割を果たしていたのでしょう。今より急だった極楽寺坂をのぼる人々が、求めたりもしたようです。

が、この餅の正式名称は「権五郎力餅」。権五郎とは誰かといえば、平安末期に鎌倉の武士団を率いていた、権五郎景政という人のこと。勇猛果敢な武士だった彼を祀(まつ)っているのが、力餅家のすぐ近くにある御霊神社であり、その神社には「袂石」と「手玉石」という、大きめの漬物石状のものがあるのです。

権五郎という人は、その石をまさに手玉のように取り扱ったと言われる力持ち。そしてその石に因(ちな)んで、元禄(げんろく)の頃にできたのが、力餅なのでした。

百キロを超える石を、お手玉のように扱う武士。……それは伝説の中のお話とはいうものの、弱々しい都会人の姿は決して想像されません。鎌倉という東国の一地方のあらくれ者、という感じがしてくるではありませんか。

実際、現在も鎌倉は取り澄ました街ではないのです。道に迷って地図など見ていると、

「どこ行くの？」

などと、地元の方が気軽に声をかけて下さる。海からすぐそばの商店街も、素朴な感じ。確かに端正で上品な空気ではあるものの決して気取ってはおらず、「在」な感じがそこここに漂うのです。

力餅家も、旅人をホッとさせるようなたたずまいでした。木造の、昔からある町のお菓子屋さん、という感じ。私は力餅を一折り買い、ぽくぽくと歩きだしました。

力餅を片手にまず訪れたのは、餅の名の由来となった権五郎を祀る御霊神社。神社のすぐ前を、まるでバスのように江ノ電が走り抜けていきます。鎌倉に幕府が開かれる前からあった古く小さな神社に、神妙にお参り。

さらにうろうろ歩きながら、「長谷と言えば」と大仏にも行ってみました。鎌倉の大仏といえば、日本人なら誰もが知っている有名人、というか有名仏。ではありますが考えてみれば小

学校時代に見て以来のご無沙汰だった。

子供の頃に見て「大きい！」と思ったものは、大人になってから見ると意外と小さく感じられることがあるものです。しかし大仏様は、やっぱり大きかった。そして大仏様を見ている人々は、老いも若きも日本人も外国人も、とても嬉しそうで、無邪気な顔をしていた。「大きいものに見守られる」という安心感と興奮が、大仏を前にした人をして、幸福にするようなのです。

私は大仏様に見守られながら、力餅を広げました。空は青く、大仏は大きく、力餅のあんこは甘く、餅は白い。どれも当たり前のことなのですが、それら当たり前のことが、妙に幸せに感じられるひととき。

京都の人たちからは「東夷」などと言われた鎌倉武士。そのたくましさは自分の中にも確実に存在するよなぁ……などと確認しつつ、力餅を次々と口に放りこむ私。大仏様も一ついかが？　と、青空に餅を差し出してみるのでした。

力餅家
☎ 0467-22-0513
神奈川県鎌倉市坂ノ下
18-18

神奈川県　箱根　甘酒

そう、あれは高校生の頃。私は一度、箱根の「甘酒茶屋」に行ったことがあったのです。女子校に通っていた私と友人、そして男子校に通っていた男の子二人と、箱根へ日帰りのダブルデートをした時のことでした。

友人は前日から我が家に泊まり込んで、一緒にお弁当を作りました。当日は新宿で待ち合わせた男の子達と、ロマンスカーで箱根へ。何だかやたらと歩いて、原っぱのようなところで、さほどおいしくもない稚拙な手作り弁当を食べました。さらにひたすら歩いているうちに、街道沿いに「忽然（こつぜん）」という感じで現れたのが、甘酒茶屋だったのです。

ダブルデートということで興奮していた私は、その時やけに薄着をしていました。しかし箱根の秋の山風は既に冷たく、すっかり凍えていた。ですから甘酒茶屋で温かい甘酒を飲んだ時は、実においしかったことを覚えています。

その時の思い出は、ほとんど前世の記憶と化した、今。しかし今でも私は甘酒好きで、やはりロマンスカーに乗って、箱根へと到着しました。

ロマンスカーというのは、〝女子供の電車〟という感じがする乗り物です。車両の中では、老若女同士のグループがおやつを食べまくり、おしゃべりをしまくっている。これから箱根で温泉に浸かり、昔の思い出やら、家族のグチやらをとことん、しゃべり倒すのでしょう。

しかし私の目的は、温泉ではなく、甘酒です。箱根湯本の駅前からバスに乗り、甘酒茶屋へ。坂道とカーブの多い箱根の山道をバスに揺られていると、ふっと睡魔に襲われるため、窓の外の景色をまだらに見ながら甘酒茶屋に到着しました。すると……。

甘酒茶屋はあの時と同じ姿で、存在していたのでした。旧街道沿いに、木造の茶屋。建物の隣には、椅子とテーブルがしつらえてあって、そこでも人々が甘酒やお餅を楽しんでいる。

「そうそう。ここだった！」

と、私の頭の中には、まだ青かった時代の思い出がフラッシュバックしてきました。

その日も、東京は暖かかったものの、箱根の山には既にほとんど寒いと言っていいくらいの秋風が吹いていて、私の身体は冷えていたのでした。甘酒茶屋の建物の中に入って、お湯呑み

に入った甘酒を飲むと、ほのぼのとした甘さと温かさが、じわじわと身体の隅々まで広がっていく。一口飲む毎に、

「アーッ」

と、お風呂に浸かった時のようなため息を漏らしてしまう美味(おい)しさです。

甘酒茶屋は、この場所で店を構えて、なんと四百年ちかく。現在のご主人である山本達雄さんで、十二代目ということです。他にお店らしきものは一軒も無い旧街道沿いに、それはぽつんと、存在している。

そもそもこの甘酒茶屋は、あの有名な箱根の関所を越える前に旅人が身仕度を整える場所であり、また、無事に関所を越えてきた旅人が、ホッと一息つく場所でもあったのだそうです。甘酒の製法は、関所があった時代と、同じ。軟らかめに炊いたご飯に麹(こうじ)を加えて発酵させることにより、甘さを、出す。つまりこの甘酒には砂糖は加えられておらず、ついでに言えば保存料などの添加物も一切ナシ。だからこそ、あの独特の柔らかな甘味と舌触りが成り立つのです。

実を言えば、私は子供の頃から甘酒が大好きなのでした。が、家で母親が作ってくれる甘酒は、酒粕(さけかす)に水と砂糖を加えて火にかける、というインスタントなもの。たまーに本格的な甘酒を口にする機会があると、その独特な風味がものすごく「特別！」という感じがして、嬉しか

ったものです。

甘酒茶屋では、その日に売る甘酒を毎日、仕込んでいます。もう一つの名物である力餅も、毎日杵でついているとのことで、その起床時間はとうかがってみれば、

「午前三時ですね」

と山本さん。三時って、私が寝る時間に限りなく近いんですけど。自堕落な生活を続ける私としては、生真面目に作られ続けるその甘酒の味に接して、身が清められるような気分すらしてくるではありませんか。

「ごちそうさまでした」

と、甘酒を飲み干した私は、深々とお辞儀をしたい気分になったのでした。

甘酒ですっかり温まった私は、甘酒茶屋の前からさらにバスに乗って、芦ノ湖まで行ってみました。紅葉にはまだ早く、平日ということもあって、それほど多くのお客さんは湖畔にいません。この「シーズンオフの観光地」というものが、私はさほど嫌いではないのです。それは昼の六本木のように、そしてノーメイクの美女のように、どこか寂しいのだけれど、こちらを緊張させもしない。

秋晴れの空、とはいかず、グレイの曇天のもと、アヒルちゃんの足こぎボートが繋留されて、

湖面に揺れています。そういえば高校時代のダブルデートの時も、芦ノ湖には来たけれどアヒルちゃんボートには乗らなかったなぁ、とぼんやり思う。

箱根に一緒に来た男の子達とは、高校卒業以来、一度も会っていないのでした。彼等も今や、立派な社会人となって、世の中の酸い・甘いを舐めたことでしょう。そして私は、あの時代のように、前日の夜から半徹夜でお弁当を作るような無邪気さは、すっかり失ってしまっている。

高校時代に持っていなかったものは持つようになったけれど、あの時代に持っていたものは、失ってしまった。何だか色々なものが、変わっていくなぁと、湖面を見ながらしみじみする私。甘酒茶屋と、その甘酒の甘さだけが変わっていなかったことは、そんな私にとってずいぶんと慰みとなったのでした。

甘酒茶屋
☎0460-83-6418
神奈川県足柄下郡箱根町畑宿二子山395-1

中　部

山梨県　笛吹　桔梗信玄餅

新宿駅から「スーパーあずさ」に乗って甲府駅に降り立った時、私は〝あ、ここって本当に盆地なんだ〟と、理解したのでした。

あちらには、雪を抱いた南アルプスの白根山や、甲斐駒ケ岳が。こちらには、富士山が。そしてそちらには、名前を知らぬ山々が。真っ青な空を背景に、ぐるりと山の姿を眺めることができるのです。こんな場所に住んでいたら、山の無い東京に来た時、きっと寂しくなってしまうだろうなぁ、と思う。

澄んだ空気を吸っていると、お腹が空いてきます。ここ、甲州の辺りの名物と言えば何といっても「ほうとう」であり、私もほうとう屋さんに入りました。

　ほうとうは、きしめんをもう少し厚く、幅広にしたような麺を、かぼちゃをはじめとした様々な野菜や茸（きのこ）と一緒に、味噌（みそ）仕立ての汁で煮込んだもの。米があまり食べられなかった時代の日常食であり、武田信玄の野戦食でもあったそうです。鉄鍋に煮立ったほうとうを、

「おいじい！　でもあづい！」

と言いながら食べるにつれ、身体（からだ）は温まってくる。

　タクシーの運転手さんの話によれば、ほうとうは家庭でも、

「月に二、三回は作って食べる」

のだそうです。甲州弁というのは意外に荒っぽいことで有名ですが、運転手さんはその甲州弁が似合う、モンゴル相撲の大関タイプ。武田信玄も、こんな感じの人だったのではあるまいか、という気がしてきます。しかし運転手さんは、容貌（ようぼう）に似合わぬ優しいお人柄。彼に甲州の気候や風土などを説明してもらいつつ到着したのは、桃の畑です。

　実は今回、漠然と〝桃の花が見たいニャ〜〟と思って、山梨まで来てしまったのでした。春だから咲いているだろう、と勝手に思い込んで来てみると、実は桃の花の季節はまだ先だった。桃の木はたくさんあるもののまだ全く花をつけておらず、花のシーズンはといえば、

「だいたい桜が咲いたすぐあとだね」
とのこと。〝うーむ、何しにここに来たんだか〟と茫然としかけたのですが、さすが桃の里の方々はその辺を心得ていらっしゃる。私のようなそそっかしい者は、ハウスの中でちょっと早めの桃の花見ができるというではありませんか。かくして私は、桃の畑へと到着したわけです。

　桃の木の前に私を立たせてカメラのシャッターを押してくれたあと、
「じゃ、ごゆっくら」
と言って、甲州男児の運転手さんは渋く去っていきました。

　そして振り向いてみればそこには、満開の桃の花。私は生まれて初めて見たのですが、それは清楚な桜とも、古風な梅とも違う、可憐かつあでやかな高校生の女の子、という感じの花だったのでした。花は、桜より少し大きく、濃いピンク色。桃林の中でしばし佇み、桃色を堪能します。

　本当の満開の時期には、桃林の辺りは遠くから見てもぼうっとけぶるような一面のピンク色で、まさに、桃源郷のようになるのだそうです。。そして花が散れば、甘い桃の実がなる。

　盆地というと、閉ざされている場所という印象を持ちがちなのです。が、遠くには白い山が輝き、桃が咲き乱れて、果物はとれまくり。さらには温泉も湧いてほうとうはおいしい……となると、ほとんど〝山の向こうに、極楽があった〟という感じ。山に囲まれているからこそ、その極楽っぷりは際立つのであって、いつか桃の花が満開の「極楽のピーク」に訪れてみたいものだと、私は心に誓ったのです。

山梨の甘いものに関しても、ちょっとピンク色の思い出が、私にはあるのでした。あれは私が大学生の頃。付き合っていた年上のボーイフレンドが大学を卒業して社会人となり、初めて行った出張で買ってきてくれたお土産が、桔梗信玄餅だったのです。女子大生（キャッ！）だった私は、「出張のお土産」というのが何とも新鮮で、嬉しかった。

〝なるほど、これって信玄袋に入ってるわけねやっぱり〟と思ったことと、私の母親が、

「フーン、○○くんも気がきくじゃないの」

と、キナコの上に黒蜜をたらしつつ言っていたのを何となく記憶している今。懐かしの桔梗屋が直営する甘味処、「滝の甘味処水琴茶堂」へと足を運ぶことにしました。

建物に入ると、製菓材料を売っていたり、「お菓子の美術館」があったり、お菓子の売店があったりと、甘味の館的な相を呈しています。さらに奥にある「滝の甘味処水琴茶堂」へ入ってみると、おお、そこからも美しい山々を見ることができるではありませんか。

食事のデザートには桔梗信玄餅がついていたりするこのお店。私は、職人さんが目の前で焼

いてくれるという、どら焼きをオーダーしてみました。鉄板に生地を垂らして丸く焼きあがった温かい皮に、自分で餡と抹茶アイスクリームとをはさんで食べるのです。

ほうとうを食べ終えた時、〃もう一生、何も食べられない！〃と思うくらい満腹だったのに、やはり甲州の空気は食欲を促進させます。どら焼きとかお餅とか食べて、さらにはお土産に〃吟造り〃という、スペシャル桔梗信玄餅を買ってしまったのでした。

駅に向かう途中、石和温泉のとあるお宿に立ち寄って、ひとっ風呂浴びた私。甲府駅からまたスーパーあずさに乗れば、山の稜線が夕日に溶けだしていくようです。そんな景色を眺めている私の身体は温泉で温まり、お腹はくちく、電車はほどよい振動で……。新宿駅まで、まるで気絶したように眠っていたことは、言うまでもありません。

〈追記〉どら焼きは現在は取り扱いしていません。

桔梗屋
滝の甘味処水琴茶堂
☎ 0553-47-3708
山梨県笛吹市一宮町坪井 1928

長野県　上田　くるみおはぎ

本当は、「おやき」が食べたくて、長野新幹線に乗ったのです。

おばあちゃん手作りの、焼きたてアツアツのおやきは、さぞかし美味（おい）しかろう……と想像しつつ、横川の釜めしがワゴンサービスで売られている車中で、長野のガイドブックを開いてみた私。すると、とある部分で私の視線は止まりました。

それは、上田市のとあるお寺で供されているという「くるみおはぎ」。〝妙に美味しそうだ〟と、私の目は釘づけに。あまりにくるみおはぎが食べてみたくて、

「おやきは上田でも売っているだろうし。うぅぅむ、行き先変更！」

と、決意してしまったのでした。長野まで新幹線で行くつもりだったのが、急遽（きゅうきょ）上田で下車。

長野方面へ行くと、電車を降りた瞬間に、東京とは全く違う清冽（せいれつ）な空気というものを感じる

のですが、それは上田駅においても同じであり、寒いと言うよりは、キリッとした緊張に包まれる感じ。期待が高まります。

私のハートを奪ったくるみおはぎは、前山寺という真言宗のお寺で、食べることができます。上田駅からは、上田交通別所線という私鉄に揺られ、終点の別所温泉で下車。そこからタクシーで十分ほどの道程です。

温泉街を抜けると、周囲は「のどか」としか言いようのない、里山の風景に変わってきます。葉の無い枝に淋しそうに残った柿の実。たわわに実る林檎(りんご)。そして、どこからか漂ってくる焚火(たきび)のにおい。やがて到着した前山寺の門前は、しんと静かな雰囲気です。

石段を上って境内に入ると、そこは実に良いお寺なのでした。八一二年に開かれたと伝えられる歴史ある前山寺は、どっしりと落ち着いた構えの本堂の奥に、重要文化財である室町期の様式の三重の塔。朝、旅に出る前までは、この前山寺へ来るとは思ってもいなかっただけに、いっそう有り難い気持ちがしてきます。

信心の薄い私も、さすがに食い気を優先する気にはならず、まずは本堂でじっくりお参り。そしていよいよ、くるみおはぎをいただくことになりました。手作りのくるみおはぎをいただくには、本来前日までに予約をしなくてはならないのです。が、突然の訪問にも、前山寺のご住職の奥様は快く応(こた)えて下さったのでした。

おはぎと言うと、半つぶしの餅米ごはんの外側をあんこで覆うのが一般的です。ですが前山寺のくるみおはぎは、あんこは使っていません。くるみだれの中に、あんこの入っていないごはんの部分だけが、浸っているのです。

さらに味のポイントとなっているのは、おはぎの上に大根おろしが載っているところ。それも、前山寺大根という、すりこぎくらいの小さなサイズの青い大根をおろしたものなので、一瞬わさびが載っているのかと思う色。くるみと砂糖と醬油で作られた甘目のくるみだれを、ピリッとした大根おろしがひきしめる役割を果たしています。大根が無い夏場は、上にキュウリを刻んだものが載るそうで、その味も体験してみたいところ。

前山寺のご住職の奥様である河合照子さんにお話をうかがうと、そもそもくるみおはぎは、今より二代前、河合さんのお祖母様が、檀家さん達へのお接待として、始められたものなのだそうです。

「昔は今と違って、お寺の上まで歩いてくるしかなかったわけですから、お疲れ様でしたという意味も込めて……」

と、奥様は上品におっしゃる。

くるみおはぎをいただいているお座敷からは、上田の町並みを見下ろすことができます。聞けば、標高は六百五十メートルとのこと。私はタクシーで楽々と上がってきたものの、歩いて上ってくるのは、特にお年寄りなどは大変だったに違いありません。くるみおはぎには、難儀をして上がってきた檀家さん達への、ねぎらいの意味が込められていたのです。

　くるみおはぎの作り方は、ですからお祖母様の時代と同じ。もともと、この辺りではオニグルミという種類のくるみが沢沿いにたくさん生えており、くるみおはぎも地元でよく作られるお菓子なのだそうです。

　おはぎに添えられているのは、梅の砂糖漬けの紫蘇（しそ）巻きと、野沢菜漬け。それらも全て、手作りのもの。野沢菜が無いシーズンは味噌漬けになるのだそうですが、それはお味噌までもが、手作りだそう。

　境内には、小さな売店がありました。手作りのお味噌や前山寺大根、採れたての野菜などがそこには並べられていて、近所の人々がおしゃべりなどしていた。

　私は、そんな風景を見ながらふと、思ったのです。きっと昔は、お寺ってこういう場所だったのだろうなぁ、と。

　お寺というと、今では観光の場所、もしくは思いっきりマジな信仰の場所としてのイメージしかないわけですが、そもそもお寺は、地域コミュニティーの中心のような場所でもあったはず。お寺は、地元の人々にとって誇りであると同時に、非常に親しみ易い場所なのです。

前山寺にいると、そんな空気を強く感じることができます。息を切らして上ってくる檀家さん達のためを思ってくるみおはぎが作られたというお話からも、何だか暖かな空気を感じるではありませんか。

となれば、読者の皆さんはこのくるみおはぎを、とっても食べたくなってきたことでしょう。が、実は前山寺のくるみおはぎ、十二月から冬期いっぱいは作られていないため、寒い季節は食べることができないのです。ここまで書いておいて非常に申し訳ないのですが、くるみおはぎを食べたい人は、三月のお彼岸の〝おはぎ解禁〟まで、しばし待たれい！　ま、私はしっかり味わったんですけどね。帰りは上田の駅でおやきも買ったし……。

前山寺
☎ 0268-38-2855
長野県上田市前山300

新潟県　北魚沼　けんさん焼き

日本中を、いつもうろうろと旅している私。電車の窓から外を眺めていて、最も季節を感じさせてくれるのは、田んぼの風景です。

水を湛(たた)えた水田に、まだ植えられたばかりの初々しい苗がそよぐ、春。夏がくると丈が伸びた稲の緑は濃くなり、全体の重量感も増してくる。そして秋になれば稲穂が黄金色に輝き、「実るほど、コウベを垂れねばならぬのだな……」と思わせられる、と。

新潟を訪れたのはちょうど、稲刈の季節だったのでした。上越新幹線「とき」の車窓から見ると、八割方の田んぼで稲刈が終わり、残すところはあと二割、といったところ。時折、刈り取った稲を天日干しにする「はぜ」も、見ることができます。今となっては稲を機械で乾燥させる家がほとんどなのだそうですが、天日干しにしたお米は、機械乾燥よりもぐんと美味しいらしい。

そんな風景を見ていると、エッセイを書くなどという虚業についている私はしみじみ、「農業ってすばらしい」と思えてくるのでした。春に植えられた稲が冷夏を乗り越え、今ここに立派に収穫の時を迎えている。日本人が一年食べる分だけの米が今まさに収穫されている……って、考えれば嘘みたいな話です。


当然、今回のお目当ては、お米を使ったおやつなのでした。長岡駅から上越線に乗り、越後川口駅で下車。この辺りは北魚沼郡、つまりはあのコシヒカリでつとに有名な地帯。川口町が第三セクターで作った「遊亀庵」というレストランが、駅から見える小高い山の上に、あるのです。

ススキが茂る山の上に建つ遊亀庵の中に一歩入った時に思わず口をつくのは、

「わぁ、素敵！」

という言葉。この建物は、百二十年前の民家を移築したものなのですが、その黒光りする木材、高い天井、かまどや囲炉裏、そして入ってすぐ正面に見える、柱と梁（はり）によってまるで額縁のように切り取られた風景に、圧倒される。後から入ってきた人達も、「わぁ、素敵！」と叫ばずにはいられない様子です。

ここで食べられるのは、お米はもちろんのこと、山菜、キノコ、野菜……と、川口町で採れるもので作った地元の料理。そして私は、予約をすれば作ってもらえるおやつ二種、「けんさん焼き」と「ざわ」をいただきました。

「けんさん焼き」とは、おにぎりに生姜入りの味噌をつけ、囲炉裏の炭火で焼いたもの。そのまま食べてもよし、ほうじ茶をかけて、焼きおにぎり茶漬けのようにして食べてもよし。そもそも、武士の携帯食であり、剣に刺して焼いて食べたからこの名前がついたとも伝えられています。

「ざわ」は、もち米（コガネモチ）とうるち米（コシヒカリ）、それぞれ半殺し（半分くらい粒が残っている状態まで潰す）にしたものを半々の割合で混ぜ、その中に塩味の効いた小豆餡を入れる、というものです。

　調理を担当している地元の主婦・桜井さんが囲炉裏端で教えてくださるには、

「昔は、一等米は全部出荷してしまって、地元の人間は二等米やくず米を食べていた。そのくず米をおいしく食べるために工夫してできたのが、ざわだったと思うんですよね」

　とのこと。

　中に入っている餡が塩味なのも、昔は砂糖が貴重だったから、なわけです。少しの砂糖に塩を利かせることによって、砂糖の甘味を最大限に引き出そうとしている。食べてみると、なるほど最初に感じるしょっぱさの奥から、じわじわと甘味が浮かび上がる感じ。そしてもち米とうるち米が混ざったもち部分も、今まで体験したことの無い歯ざわりです。

殺菌作用のある笹の葉に載せられて供される、ざわ。昔の人の、食べ物を絶対に無駄にすまいという姿勢を、そこからうかがい知ることができます。

桜井さんは今でも、漬物や梅干し、味噌などを手作りしているそうです。

「昔の人は、お米一粒だって捨てなかったですからね」

という言葉に、「確かにうちのおばあちゃんだって、絶対に食事は残さなかった」と、思い出してみる。


夕方になると、気温はグッと下がってきました。今夜の宿は、温泉です。少し寒くなってきた頃の温泉はしみじみ気持ちが良いわけですが、温泉宿の食事は、ものすごい量だった。最後のご飯にたどりつくまで、魚だの肉だの、何品ものおかずがでてくるのです。「昔の人は、お米一粒だって捨てなかったですからね」というお言葉を思い出しつつ懸命に食べたのですが、今を生きる私には、どうしてもそれらは食べ切ることができなかった。「食べ物って本当に大切なものなのだなぁ！」なんてしみじみ思った矢先にもうこれか、と思いつつ、箸（はし）を置くしかなかったのです。

翌日、何を思ったか私は佐渡へ。佐渡の沢根だんごというものを、ふと食べてみたくなったのです。「せっかく新潟にいることだし」と思って向かってみたのですが、佐渡は結構、遠かった。

電車だの船だのバスだの、色々な乗り物に乗り継ぎまくってやっと入手した、沢根だんご。帰りのバスで食べてみたら、小振りの団子の中の餡は、普通に甘いものでした。当たり前のように甘い餡や白いご飯を食べることができる日常に戻ることは、いともたやすいのです。

上越新幹線「とき」で東京に戻って新聞を開いたら、日本産の最後のトキ「キン」が佐渡で死んだ、というニュースが載っていました。トキにしろ、甘くない餡にしろ。昔のものを残すのは、容易なことではありません。〝最後の一羽になるって、どういう気分だったのかなぁ〟と、ほぼ自分と同じ歳の「キン」の冥福（めいふく）を祈りつつ、変わらずにいることの不可能性、なーんてことに思いを馳（は）せてみたのでした。

〈追記〉新潟中越地震のあと、遊亀庵は休業していますが、近くで道の駅「あぐりの里」が営業中。日曜には店の前の屋台でけんさん焼きが食べられます。

地震からの一日も早い復旧を、お祈り致します。

新潟中越地震のあと休業中
問合せ　あぐりの里
☎ 0258-89-4550

富山県　富山市　あやめだんご

富山というのは何となく、地味な印象のある県ですね。「ああ、あるなぁ」とは思うのだけれど、では富山について何を知っているのかと問われれば、「いやぁ」と、口ごもってしまう。遠い昔、社会科の授業で「砺波（となみ）平野の散居村（さんきょそん）」というものを習い、ちょっと見てみたいなぁと思った記憶は、あるのですが。

地味な富山は、しかし実はとても住みやすい場所なのです。持ち家率など、様々な指標に基づいて計算された住みやすさ度数は、日本で一位。

また以前、テレビ番組において、日本で一番美肌度が高い県も富山である、というのを見たことがあります。つまり日照時間が少なくて、水がきれいで……といった、美肌をつくるのに適した条件が最も整っているのは、どうやら秋田でもなく新潟でもなく、富山ということらしい。知人の富山人の顔を思い出してみれば、確かに肌はきれいかもしれません。

では甘味は、どうか。と質問してみたところ、富山出身の知人が、

「あやめだんごは、富山市でしか食べられない！」

と豪語しているのを聞きました。何でもあやめだんごとは、おだんごに黒砂糖のたれをからめたものなのだそうで、確かに私は今までその手のものを食べたことがない。早速食べに行くことにしましたが、富山は電車で行くと何だか遠そうなので、飛行機に乗って出発です。

富山空港から、富山市の市街地までは、車で約二十分。この近さからも、富山の暮らしやすさは、うかがい知ることができます。

あやめだんごは、富山市内の色々な和菓子屋さんで売られているものだそうです。

「店によって味が違って、おいしさに差がある！」

と友人は言っていたのですが、調べてみるとあやめだんごの元祖は、市内の「石谷餅店」というお店。富山市の繁華街（といっても、割と静か）から、ほど近くにあります。

石谷餅店の店先には、様々な餅類がずらりと並んでいたのでした。おはぎ、草もち、大福といったお馴染みのものから、いがら餅（上に餅米がのっている）、笹餅（豆がのっている餅が笹で包んである）といった珍しい餅も。

富山というのは米どころだけあって、何かというと餅を食べる文化があるのだそうです。例えば二月は、節句餅といって、緑と白の餅を食べる。十一月には、その年に嫁いだお嫁さんが、巨大な大福を配るという針千本という行事が。また子供を産んだ人は、だんごをずいきと一緒にみそ汁にして食べると乳がよく出るということで、「三日のだんご」というものを食べる。

「だから一年中、何かとお餅を使う行事があって、忙しいんですよ……」

と、お店の方はおっしゃっていました。

店の奥には茶屋のスペースもあったので、私もあやめだんごをいただきました。焼いただんごに温かい黒砂糖のたれがかかっているのですが、非常に優しい甘さと温度です。少しぬるめの温泉にじっくりつかっているような、そんな味。昔は、あやめが咲く頃から夏場だけ作られていたそうですが、今は通年、食べることができます。

「県外の人は、普通のみたらしだんごの方がおいしいって言いますが、やっぱり富山市の人はあやめだんごが好きみたいですねぇ」

ということですから、やはり富山市民にとっては、親しみの深い味なのでしょう。

石谷餅店は、決して派手なお店ではありません。知らなかったら通り過ぎてしまうような、店構え。しかしお店の中に入ってみれば実に様々な餅があり、その餅のそれぞれに、意味やいわれがある。季節の行事を守り、行事毎に決められたものを食べるというその生活が富山の暮らしやすさの基本。そして富山の人々は、その暮らしやすさを喧伝（けんでん）することもなく、

「当たり前のことだと思うけど、それが何か？」

という感じで、生活しているのです。


夜は、禁酒・禁煙という珍しい寿司屋さんでおいしい寿司をたらふく食べ、翌日は、富山駅から北陸本線に乗って十五分ほどのところにある滑川（なめりかわ）に遊びに行きました。何でも、富山人の美肌の秘密の一つでもある、海洋深層水を使ったタラソテラピー施設があるというのですが……、滑川駅前に降り立ってみると、見事に何もない場所。

「えー、本当にこんな所にあるわけぇ？」

と、とぼとぼ歩き出しました。

ですが、駅前の道のどんつき、「ほたるいかミュージアム」の隣にそのタラソテラピー施設は存在したのでした。おまけに、水着に着替えて中に入れば、プールの向こう側には、一面の海。地元の人らしきおじちゃん・おばちゃん達が、楽しそうにバシャバシャやっている。

「やはり富山人は、目立たないようにこうやって楽しく暮らしているのだ……」

という思いを、私は強くしました。

アルゴパックなどもやってみたのですが、全裸で台の上に寝かされている時、パックを塗ってくれるお姉さんが、

「サカイジュンコさんって、ひょっとしてエッセイとか書いてる方ですかぁ?」

と言ってきた。全裸の状態でそんなことを言われた経験が無かったので私は非常にあせったのですが、お姉さんは手際よくパックを塗りつつ、

「読んでましたぁ」

などと言ってくださる。富山人というのは、何というか実に気のいい感じの人々であるなぁと、全裸状態にテレながらも、私は思ったことだったのでした。

あやめだんごにしても、海洋深層水にしても、これみよがしではないけれど、じんわりいい感じ。滑川駅までの誰もいない道を歩きつつ、私はそんなことを思っていました。お土産はやっぱり、ますの寿しですかね。友人は、「富山の人間は、食べないですけどね」と言っていたけれど。

石谷餅店
☎076-421-2253
富山県富山市中央通り
1-5-33

石川県　金沢　じろあめ

金沢には、ほろ苦い思い出があるのです。私が生まれて初めて一人旅をした場所、それが金沢だったから。

それは高校三年生の時でした。進学先も決まった私は、かねてよりしてみたかった憧(あこが)れの行為・一人旅を実行に移すべく、計画を立てました。目的地は、金沢。大人っぽくて素敵な古都という感じがしたし、愛読していた五木寛之（今となってはなぜ女子高生が五木寛之を読んでいたのか、よくわからん）の本の舞台としても、よく登場していた場所だったのです。

いよいよ当日。鉄道を乗り継ぎ、私は金沢へと向かいました。宿泊したのは駅前のホテル。名高い兼六園へも行きました。名物を食べさせるお店にも、入ってみました。

が、しかし。どうもいま一つ、面白くなかったのです。二泊三日の旅のあいだ中、私は誰とも会話を交わさなかった。女子高生のツルツルの脳では、兼六園も〝どこがいいわけー？〟と、よくわからない。一人メシも、話し相手がいなくてつまらない。

本当は、「格好良く一人旅を堪能する大人な私」をイメージしてでかけたのです。しかしいざ実行してみると、私は一人旅を味わう術(すべ)を全く知らなかった。〝一人旅って……、面白いのかどうか、よくわかんなーい〟という感想のもと、私は初めての一人旅を煮え切らない気持ちのまま、終えたのです。

「俵屋」へは、その時も訪れていました。白地に黒く「あめ」と描いてあるのれんは、雑誌やガイドブックに必ず載っていた。地図を頼りにトボトボ歩いて浅野川のほど近くのお店まで行き、あめを購入した記憶があります。のれんと一緒に記念写真を撮りたかったけれどなにせ一人、「とほほ」などと思いながらのれんだけの写真を撮った、ような気がする。

俵屋を訪れるのは、その時以来です。高校時代の記憶ではもっと大きなお店のように思っていたけれど、間口は意外と小体。以前と同じのれんが下がっているのが感慨深い。

今回の金沢は、雪でした。それも、吹雪。雷も、鳴っています。

「雪雷(ゆきがみなり)って言うんですよ。これが鳴ると、雪がたくさん降る……」

と、お店の方が教えて下さいます。雪に風に雷、時々霰(あられ)と、悪天候の見本市のような状況に

驚いている私を横目にお店の方は、
「金沢ではまぁ、こんな天気は珍しくはありませんからぁ」
とおっしゃるわけですが、独特な語尾の伸ばし方をする金沢言葉は、お天気とは裏腹のおっとりしたムードを湛えています。

早速、壺の中からじろあめ（俵屋名物、砂糖を一切使用せず米と麦芽だけで作った、水あめ状のやわらかいあめ）を棒でたぐり、「ハイ」と渡して下さいます。

その棒を店先でしゃぶってみれば、寒さでこわばっている身体に、あめの甘さがとろーりと広がって、肩の力が抜けていく。まさに甘露、という感じ。甘味というものが、いかに人の身体と心を和ませるか、その実力を改めて私は感じるのです。

そもそも俵屋は、一八三〇年の開業時代は店名の通り、お米屋さんだったそうです。それがなぜあめを作るようになったかといえば、初代の次右衛門さんという方が、母乳が出ないで困っている母親達の姿を見て、「母乳の代わりになる栄養価の高い食品ができないものか」と考えた結果できたもの、ということ。つまりあめは、江戸時代の粉ミルクだったのです。

考えてみれば普段は、喉（のど）が痛い時くらいにしかあめというものを舐（な）めない私。しかし改めてあめ屋さんであめを舐めていると、あめという食品の持つ包容力、のようなものを感じずにはいられません。そう、あめとはひたすら「甘さ」を味わうためのもの。そしてその存在感は、ひたすら子供に愛を与え続ける母親のようであり、まさに「ママの味」。

「私達もじろあめは大好きでねぇ、一日に何回も、ちょっと疲れたり食欲が無かったりしたらすぐ舐めるんですよぉ」

とおっしゃるお店の方々も皆、優しい表情をしています。

「子供の頃はねぇ、氏神様のお祭りの時だけ俵屋で売っていた棒あめを楽しみにしていて」

「そう、ストローみたいになっている麻の茎に温かいあめをつけて、プーッてふくらませるのが楽しかった……」

「当時で五円！」

といった会話を聞いていると、俵屋のあめが、地元で深く愛されていることが理解できます。

お店にやってくるお客さんも、案外と地元の方が多いのです。何でもじろあめを、煮物に使用すると実においしいのだとか。金沢名物・ごりの甘露煮にもじろあめを使用すると、柔らかい甘さになるのだそうです。

お店を一歩出れば、そこは凍えるような冬の金沢。しかし私の口の中には、郷愁と安心感を与えてくれる、じろあめの麦芽糖の甘さがまだ残っていて、それは何だか幸福な感覚。

高校生の時も、お店の人に何か話しかければよかったなぁ……などと思いつつも、それができなかった自らの青い時代のことを、私はしみじみと思い返してみます。あの時の私は、まだこの甘さの本当の有り難さを、理解できなかったのかもしれない。

さて明日は、雪の兼六園にでも行ってみようかなぁ。今の私はあの庭を見て、どんなことを感じるのかなぁ。既に一人旅にも慣れてしまった私は、吹雪の中で考えるのでした。

俵屋本店
0120-411-522
石川県金沢市小橋町2
-4

石川県　輪島　えがらまんじゅう

自分にとって遠く感じられる場所は、どこか。……と考えてみると、自分の気持ちのクセ、のようなものが理解できるものです。踏み切りの向こうにある郵便局が妙に遠く感じられる、とか。すぐ近所にあるのに、無愛想な店員さんに会いたくないので行かずにいるクリーニング屋さんもまた遠い場所だったり、とか。

もちろん、十時間以上飛行機に乗らなくてはならないヨーロッパも、遠い。北海道や沖縄も、同じ日本とはいえ海を隔てた違う島なのであって、実に遠い。私にとっては、郵便局もヨーロッパも北海道も、同じくらい遠い場所なのです。

そして、能登半島。本州の真ん中辺りに、北に向かって伸びる半島は、石川さゆりによって日本中にお馴染みの場所ではありますが、同時に日本中の人にとって心理的に「遠い」場所なのではないかと思う。

同じ石川県でも、金沢辺りであれば飛行機でチャッと行くことができます。が、金沢から能登半島へ電車で行こうとすると、鉄道の便が悪いこともあって、能登半島の端っこまで到達するのに、かなりの時間と労力を要するのです。

出発前、私は時刻表と首っぴきで色々な計画を練ってみたのですが、電車のダイヤによって様々な制約が生まれてしまう。石川出身の知人が、

「能登はレンタカーで回るといいよ」

と言っていたのが、よーくわかりました。

最近できた能登空港を利用すれば、能登半島へは本当は東京から一時間で行けるのです。が、私はあえて遠さを実感しようと、陸路を選びました。まず越後湯沢まで上越新幹線で行ってから、ほくほく線のはくたか号に乗り換えて和倉温泉まで、というルートです。

新幹線は東京を九時前に出発。苦手な早起きをした私は、ほとんど気絶状態で越後湯沢着。目を醒(さ)ますと、「そこは雪国」でした。

すぐに接続する「はくたか」は、日本海側を進みます。雪と海の景色を楽しみにしていたのですが、私はここでも、お弁当を食べた時以外は爆睡。何のために鉄道に乗ったのだかわかり

ませんが、疲れていたということにしてもらいましょう、エエ。

能登半島はタツノオトシゴのような形をしていますが、その尻尾の付け根くらいに位置する和倉温泉駅に到着したのが、午後一時五十九分。さらに小一時間ほどバスに揺られると、タツノオトシゴの背中辺りに位置する輪島に到着します。乗り物に乗り疲れして痛くなってきた尻が、半島に着いたことを、私に教えてくれます。

能登半島といって私がイメージするのは、やはり演歌の世界です。日本海の冷たい風に雪が舞う中を、着物姿の薄幸な女が一人歩く……というシーンを想像していたのですが、その日の輪島は快晴でした。「千枚田」と呼ばれる、美しく棚田が造られた海沿いの斜面に行ってみたのですが、波は内海のように穏やか。急な斜面に造られた無数のごく小さな棚田において、今も手作業で丁寧に稲作が行なわれていることを聞くと、能登の人のキッチリした性分が理解できるような気がします。

その性分は、輪島塗にも生かされているのでしょう。お店を見てみると、お椀、お重、片口、お皿……と、欲しくなるものがズラリと並んでいる。深い艶の黒、鮮やかな紅の漆器は「陰翳礼讃」の世界です。

一目惚れした輪島塗のお皿を買うべきかどうか悩みつつ（とはいってもこういう時、私は悩むフリをしているだけで本当は心が決まっていることが多いのですが）、その日は日本海の波音を聞きつつ、輪島泊。翌日の朝市に、備えました。

市場というのは、いつ行ってもわくわくするものです。スーパーやコンビニにおいて無言で買い物することに慣れてしまった私達にとって、左右にズラリと売り子さん達が並ぶ市場は、見る場であり、見られる場。買い物の場であり、人付き合いの場でもあるのです。

「こうてくだぁー」

「まけとくげねー」

と叫ぶ売り子さんはほとんど、地元のおばちゃんやおばあちゃん達。海沿いの町だけあって、カニや魚、海藻などの魚介が主に売られています。

そんな中で異彩を放っているのが、「つかもと」で売られている「えがらまんじゅう」。カニなどは価格が高いためにバンバン売れているわけではなさそうですが、えがらまんじゅうの店の前だけは、人だかりがしています。人々は黄色いえがらまんじゅうを食べ食べ、市場をひやかすのです。

「えがら」とは、栗のいがからきた言葉。こし餡を餅米の粉で包んだまんじゅうの外側に、梔子（くちなし）で黄色く染めた餅米がまぶしてあるのが、いがいがして見えることからついた名前です。

早速食べてみると、なるほど外側の餅米の感触と、こし餡のサラリとした感触とが対照的。

ご主人の塚本さんにお話をうかがうと、毎朝六時から作りはじめ、朝市が始まる八時から売りだすと昼ごろには売り切れてしまうことが多いとのこと。その間にも、一個買いの観光客はもちろん、

「ばあちゃんの頃から買ってた」

という地元の方がまとめ買いしていったりと、飛ぶように売れていきます。

えがらまんじゅうを食べ終えてから、私も朝市をぶらつき、能登半島独特の魚醤（ぎょしょう）である「いしり」を、購入。前日、タクシーの運転手さんといしりの話になった時、

「いしりで茄子（なす）を煮たのがおかずにあれば、ご飯が何杯でも食べられる。ああ、考えただけでナマツバが出てきた！」

と身悶（みもだ）えしていたので、これは是非と思ったのです。

そして私は、相当なお値段のあの輪島塗を買うのか、買わないのか？　朝市を見ながらも気もそぞろであったことを、ここに告白しておきましょう。ああ、あのお皿に黄色いえがらまんじゅうを置いたら、さぞや映えるだろうなぁ……。

饅頭処　つかもと
☎0768-22-0672
石川県輪島市河井町朝市通り

福井県　小浜　くずまんじゅう

京都で鯖寿司を食べた時にふと、なぜ海の無い京の都で鯖寿司が名物なのだろう、と思ったのです。と、包み紙にその秘密が書いてありました。昔、海が遠かったために魚が貴重だった京の都において、若狭から運ばれる一塩ものの鯖は、非常に貴重だった。京都から花折峠を通って若狭へと続く道は、通称「鯖街道」とも呼ばれていた、と。

若狭、つまり現在の福井県はこのように、京都にとって重要な食料庫の役割を果たしていました。地図を開いてみれば確かに、福井と京都は南北ですぐお隣同士の位置関係。

その若狭の国、鯖街道の終点である小浜に、おいしい葛(くず)まんじゅうがあると聞いて、私は京都から福井へと向かいました。とはいえ鯖街道を歩くにはガッツが足りず、まずは湖西線で敦賀(つるが)へ、そこから小浜線で小浜へ。

小浜線は、田園地帯をのんびりと走る電車です。まだ青い水田が太陽に照りつけられるのを見て、ああ夏だなぁ、と私は思う。

窓の外には、三方(みかた)五湖や小浜湾が見え隠れします。水を見ると興奮する気質の私は、その度に嬉しい気分になるのです。

嬉しい気分は、小浜の駅前商店街を歩いて「伊勢屋」の中に入った時も、湧き起こったのでした。伊勢屋はごく普通の和菓子屋さんのように見えますが、一歩中に入って最初に目に入ったのは、石で作られた浅いプールのような池のようなもの。そこに湛えられた水の中に、葛まんじゅうがたくさん、泳いでいるのです。たとえるならば、お祭りの夜店におけるヨーヨー釣り状態。

薄紫の餡が半透明の葛の中にぼんやりと浮かぶ、葛まんじゅう。その葛まんじゅうが透明な水に漂う様は、ただ見ているだけでも涼しくなるようです。

「お水もおいしいから、飲んでみて下さい」

とお店の方に勧められ、コップに汲んで飲んでみると、確かにおいしい。クセの無い、透明感のある味、というか。

葛まんじゅうが泳ぐ水は、地下三十メートルから汲み上げられた井戸水で、温度は通年十三度。

「昔は冷蔵庫なんか無いから、この水で何でも冷やしていた」

と教えて下さるのは、伊勢屋四代目の、上田次郎さん七十七歳（二〇〇二年当時。現在の当主は、五代目上田藤夫さん）。

「ま、食べてみて」

とガラスの器に入った葛まんじゅうを、勧めて下さいます。小振りの葛まんじゅうを、一個丸ごと口の中に入れ、飲むように食べるのが正しい食べ方なのだそうで、私もトライ。

と、本当にツルリ、ツルリと食べられてしまうのです。

「いっぺんに二十何個以上食べた人もいる」

とおっしゃるのも、よくわかる。

昔から葛がこの辺りの名物だったことから、百年以上も小浜の名物であり続けている、葛まんじゅう。この葛まんじゅうの最大の特徴は、葛の部分に全く砂糖を使用していないところでしょう。葛と、中に入っているこし餡。どちらも非常に淡泊で上品な素材ですが、葛に砂糖を入れないことによって、両方の味が際立つのです。

普通に売っている葛まんじゅうはたいてい、葛の部分も甘いものです。だからこそ、日持ちもする。伊勢屋の葛まんじゅうは日持ちはしないものの、それがかえって有り難い感じ。お客

さんも次々とやってきて、

「十個下さい」

「三十個お願いします」

と、葛まんじゅうを買っていきます。九月までしか売られないこのお菓子は、小浜の夏の風物詩なのでしょう。


次郎さんは何となく私の祖父と面影が似ていて、つい話し込んでしまいました。息子さんも店を継ぎ、お孫さんもいずれは……ということで悠悠自適かと思いきや、今も現役でお菓子を作り続けていらっしゃいます。

そんな次郎さんは、小浜をこよなく愛しています。確かに水はおいしく魚はおいしく、裏手にはすぐに海が広がるという環境は、得難いものでしょう。

「東京の水は、臭ォて飲めんかった。魚も、小浜以外では食べないことにしている」

とおっしゃるのも、ごもっとも。

小浜は、決して派手な町ではありません。が、水も魚もおいしくて、自然は豊か。それだけでなく、近くには国宝級のお寺が数多く存在し、「海のある奈良」とも言われているということで、一日や二日でその魅力を理解することは絶対に無理な、不思議な町なのです。

鯖街道は、鯖を都へと運ぶためだけに使用されたのでは、なかったのでした。鯖とは逆ルートで、都からは文化が運ばれた。さらには日本海側の港町ということで、大陸や朝鮮からも、新しい文化が入ってきた。小浜の、一種謎めいた奥の深そうな空気というのは、深ーい歴史が作ったものでもあるのです。

東京にいると、とかく日本海側は馴染みが薄い場所です。地味、という印象も、あります。福井に来た時も、私は最初、何となく福井の人々にとっつきにくい印象を覚えたのです。が、話していくうちに福井の人々は次第に、非常に人なつっこい、優しい表情を見せてくれるのでした。その感覚は、噛(か)んだ時に初めて甘味が出てくる葛まんじゅうのようでもあり……。

「小浜の難点はな、あんまり良い所やから他に行けなくなることやな」

と言って、ニヤリと笑う次郎さん。まだまだ次郎さんが隠している小浜の良さがいっぱいあるような気がして、

「教えて下さいよーウ」

とせがんでみる、私だったのでした。

〈追記〉上田次郎さんは、残念ながらその後、お亡くなりになりました。
くずまんじゅうの味は、今も息子さんが守っていらっしゃいます。

伊勢屋
☎0770-52-0766
福井県小浜市一番町1-6

静岡県　安倍川　安倍川餅

アベカワモチ、を食べたことが無いという人は、おそらくいないことでしょう。静岡土産としていただくこともあれば、また普通の甘味店においても、あんこやきなこのお餅は「あべかわ餅」というネーミングで食べることができる。

そう、アベカワモチという名称は、既に全国区です。私達はアベカワモチがなぜアベカワモチというのかという所以（ゆえん）などなにも考えずに、

「あーおいしい」

などと、お餅を食べている。

が、アベカワモチには当然のことながら、れっきとした発祥の地が存在するのです。アベカワモチのルーツを探しに、今回は静岡市は安倍川のほとりへと、行ってきました。

静岡市といえば、富士山が見えて、お茶どころで、駿府城があって、サッカー強そうで……というイメージは強くあれど、東京の人は意外と足を踏み入れたことが無い場所かもしれません。かく言う私も静岡といえば伊豆どまりのことが多かった。

とはいえ、気にはなっていたのです。周囲の静岡市出身者を見ていると、皆やけにカラリとした陽性の人が多い。何だか、人生楽しそう。もちろん、中には静岡出身の暗い人だって必ずいるはずなのですが、なぜか私の周囲の静岡人は、明るくそして柔らかな雰囲気を持っているのです。

その秘密を私は、初めて静岡市に行った翌朝に、知ることとなりました。新幹線で夜に静岡駅に着き、ホテルの高層階に泊まった私は、翌朝カーテンを開けてみておおいに驚愕したのです。そこにはあの巨大な富士山が、逃げも隠れもせず、あまりにも正々堂々とそびえているから。そう、そこは見事に〝富士ビュー〟なお部屋だったのです。

私は、ははーっとひれ伏したくなりました。心の隅々まで富士山様に見透かされているようで、

「す、すいませんっ」

などと、思わず謝ってみたりもした。そして私は、理解したのです。〝あの山を毎日見て、そしてあの山から毎日見られるという生活は、必ずや静岡人の人格形成に何らかの影響を与え

るに違いない〟と。

肝心の安倍川餅発祥の地は、静岡駅から車で十余分、その名の通り安倍川のほとりにあります。お店の名前は、「石部屋（せきべや）」。

石部屋へ、とタクシーの運転手さんに告げると、

「あー、安倍川餅ね。あそこの店は、イッコクだよーぅ」

と、おっしゃる。イッコクって……？　と思って尋ねてみると運転手さんは、

「頑固とか、一徹とか、そういう意味」

と、「そんなわかりきったことを何故尋ねる」とばかりに教えてくださる。ふーむ、「石部屋」という重そうな店名と「イッコクだよーぅ」というお言葉に、私は少し身構えました。

お店の名前から、何となく石作りの堅牢な店構えを想像していた私ですが、到着してみるとそこは古い木造の、風情たっぷりのお店。二百五十年前から、この地に店を構えているのです。

メニューは、言わずもがなの安倍川餅と、わさび醬油で食べるからみ餅の二種という潔さ。

早速、両方を頂戴しながら十四代目の長田君子さんに、お話をうかがいました。

「あにょー（「あのー」の意。口の中のお餅が柔らかいのでうまく口がまわらない）、石部屋っていう名前の由来は……？」

とお尋ねしてみれば、実はよくわからない、とのこと。確かに二百五十年も前のこととなれば、わからない方が普通のような気はしてきます。

何でも江戸時代は、川向こうから攻められないようにと、川に橋はかかっていなかった、とか。人々は人足を雇って川を越えたため、その人足達が住んでいた場所は、今でも川越町として残っている、とか。川を越えて旅立っていく人との別れの宴が石部屋でも開かれた、とか。お話を聞いていると、それはほとんど時代劇の世界。そしてその時代から、石部屋の味は変わっていない。

「それにちてもお餅、おいちいでつねぇ。普通のお餅と、どこが違うんでつかねぇ」

と柔らかなお餅とさらに格闘しつつ問えば、君子さんはにやりと不敵な笑みを浮かべつつ、

「そりゃあね、全部違うよ！　材料も何でも一番良いものを使ってるから、自信があるわけ。うちはイッコクだから！」

とキッパリ。そう、それは自他ともに認めるイッコクな味だった。

今を生きる私にも、白く柔らかいお餅と上品なこしあん・きなこ・そして白砂糖の組合せは有り難い味です。が、考えてみれば昔の人達にとってそれは、今よりはるかに贅沢で貴重な味だったに違いありません。東海道を歩く旅人は、石部屋の安倍川餅を食べ、私達には想像もつかないほどの、めくるめく喜びを感じたのではないか。

そして今。世の中では「街道を歩く」ことが静かなブームです。私達がお店にいる間にも、街道巡り中とおぼしきリュックを背負った年配のご夫婦がやってきて、お餅を食べていきます。石部屋は昔も今もそこに存在し続けて柔らかなお餅を旅人に供し、その存在感は富士山と同様、テコでも動かない実にイッコクな感じ。そして流れゆく旅人は、富士山と石部屋の不動な感じに対して、安心感を覚えていたのではないか。

石部屋からの帰り、私は旧東海道をしばらく歩きました。決して直線ではない、なだらかなカーブを続けるその道は有機的で、どこまでも歩いていきたくなる。ふっと、横道から弥次さん喜多さんのような旅人が顔を出しそうな気もする。

新幹線で東京からすぐの、静岡。けれどそこを通る街道は、はるか遠くまで続いています。大きな富士山を眺めていると、私もふと、どこかへ旅立ちたくなるのでした。

石部屋
☎ 054-252-5698
静岡県静岡市葵区弥勒
2-5-24

静岡県　伊豆　ところてん

私は鉄道旅行が好きなのですが、国内を鉄道で旅していると、「はしっこ」とか「さきっぽ」へ行くのが、実は意外と大変なことだということが、理解できます。

日本列島には、様々な半島や岬があります。が、日本の鉄道というのはたいてい、その末端部分にまでは通じていない。

たとえば、房総（ぼうそう）半島。内房線と外房線が、半島の形をなぞるように走っていますが、半島のさきっぽに位置している白浜に、駅は無い。「はしっこまで行ってると時間かかっちゃうし」とでも言うように、洲崎や野島崎や白浜といった場所は線路から無視されているのです。

静岡の御前崎にしても、そうです。焼津（やいづ）まで海沿いを走っている東海道線は、「御前崎まで行くの、面倒だしな」とばかりに、内陸部を走りだす。そして浜松辺りで、再び海岸線に戻る。

ですから私は今まで、はしっこやさきっぽの近くまで行きつつも、「もうはしっこまで行くバスが無い！」とか「タクシーだとすごくお金がかかってしまう！」といった理由から、行くのを断念したことが何回もあります。能登半島でもそうだったし、津軽半島でもそうだったっけなぁ……。

半島、特にさきっぽの方というのは、内陸の方からみれば意外なほどに、たどりつくのが困難なのです。だからこそ、たとえば能登半島における魚醤のように、独自な文化が発達しているケースがままあるのだと思いますが。

さらに半島は、「平家の落人（おちうど）が逃げのびてきた」とか「その昔、外国の遭難船が漂着し、子孫が今もいるらしい」とか「ペリーがやってきた」といった、外から異文化が入る機会もあった場所。つまり、内側からはある程度隔離されつつ、外側から刺激を受ける機会は少なくないという、特殊な地理的条件を持つのが、半島なのです。

今回私が行ったのは、ペリーとも馴染みの深い、伊豆半島です。伊豆と言うと、東京から行くには手ごろな観光地というイメージが強いところ。私も、伊豆といえば「すぐ近くじゃーん」という感覚で、心理的距離は非常に短いのです。

ですが伊豆半島のさきっぽも、やはり遠かった。

伊豆半島というのは、東側にしか鉄道が走っていません。半島の付け根辺りに熱海（あたみ）があり、少し下がって伊東。さらに熱川を通り過ぎ、伊豆急下田に着くのです。下田までは、東京駅から「踊り子」に乗っても、二時間半かかります。二時間半というと、東京駅からのぞみに乗ったら、京都も通り越して大阪に着く、という時間。

下田と言うと、日帰りも楽勝でできそうなイメージを持っていた私は、この時間のかかりっぷりに、まず非常なる〝半島感〟を覚えました。そこは、近くだけれど、遠いところ。心理的距離は近いのに、実際にかかる時間は大阪に行くのと同じということに、ねじれ感覚のようなものを感じます。

が、伊豆半島のさきっぽである石廊崎には、まだまだ到着しません。石廊崎に行くには、下田の駅前からバスに乗るのです。

バスは、のどかな田園風景の中を進みました。れんげの花が咲き、川が流れ、小学生が歩く。「いい旅夢気分」な感じ。

やがてバスは山道に入り、いよいよ岬っぽくなってきました。……が、私の目的地は、実は石廊崎ではありません。少し手前の寺坂というバス停の近くにあるという、「見須商店」へ行きたいのです。さて、その見須商店とは何かといえば、「日本一おいしい」という看板を掲げる、ところてん屋さん。……らしいのですが、バス停に降りてみても、そこには何もない。見えるのは、山と、墓と、坂と、道端に群生しているアロエ。〝本当にあるのか？〟と不安になって小走りになってみると、やがて坂の下に一軒、茶屋のような建物があるではないですか。ホッとして近付いてみれば、やはりそこが、見須商店。

見須商店で食べられるのは、ところてんのみ。酢醤油か、黒蜜かという選択です。私は両方とも頂戴したのですが、それはとてもしっかりした食べ応えでした。プリプリとした歯ざわりはもちろんのこと、後味がまるで、「磯!」という感じ。甘味類でこれほどの海感を感じさせるのも、珍しい。思わず、

「磯のかおりが口いっぱいに……」

などと、「いい旅夢気分」的コメントを、つぶやいてみる。

そもそもひじき問屋である見須商店が、サービスとして出していたところてんがおいしいと評判を呼び、お店を出したのが昭和五十三年。他に何も店が無い場所にもかかわらずお客さんが絶えないのも、ところてんの実力あってのことでしょう。

原料の天草は、伊豆の海で海女さん達が潜って取るとのこと。

「手で取るんですか?」

という私の馬鹿な質問に対して、

「他に何で取ンのよッ」

と、非常にわかりやすく答えて下さったお店の方のお言葉を聞きつつ、〝ああ、遠くに来た

なぁ〟という半島感を、再び強めた私。

帰り道、私は石廊崎まで歩いてみようかと思いました。が、それは大変な山道である上に、すんごく遠かった。既に夕方。歩いている途中、下田駅行きのバスが走っている姿をみつけ、〝あれに乗らなかったら私は今日中に下田に戻れないかもしれないッ〟という焦躁(しょうそう)感にかられ、走っていってまるでヒッチハイクのようにバスをとめた私。

〝あーよかった、バスに乗れて〟などとホッとしつつふと気がつくと、私はまた今回も、はしっこまで行くことができなかったのでした。石廊崎って、一体どんなところなの……？

嗚呼、日本のはしっこ。それはハワイよりも香港よりも、実は遠い場所なのです。竜飛(たっぴ)岬にしても能登半島にしても、はしっこが演歌の題材になり易いという理由が、すごくよくわかるのでした。

御休み処見須
☎ 0558-65-0031
静岡県賀茂郡南伊豆町
石廊崎 240-1

愛知県　名古屋　フルーツサンド、シロノワール

名古屋は、笑いの種にされ易い街です。転勤で名古屋に行った人から、「名古屋ってブスばっかり」とか、「名古屋の男とだけは結婚しない方がいい」などと、懇々と言い聞かされたこともありましたっけ。

会社員時代に初めて出張で名古屋へ行った時、ですから私は、ちょっと怯(おび)えて新幹線に乗ったことを覚えています。特殊な生き物らしい名古屋人と、うまく仕事をする自信がなかったのです。

ところが、行ってみるとイメージがガラリと変わりました。味噌カツや味噌煮込みうどんは、味噌好きな私の好みにぴったりマッチ。名古屋駅そばの広大な地下街「エスカ」にはおいしそうなお菓子がいっぱい。名古屋人達も、付き合ってみれば気の良い人々ではありませんか。次

第に私は、名古屋出張を楽しみにするようになったのです。

名古屋への愛を深めると同時に、名古屋の不思議さも、確かに感じるようになりました。喫茶店でコーヒーを飲むと、必ずピーナッツの小袋がついてくる。時には、ゆで卵やパンまでついてくる。どちらが主役なのか、という感じ。星の数ほどある喫茶店にはほぼ確実に、当たり前のように小倉トーストがあるのも、不思議といえば不思議だ。

昨今、名古屋の独自な食文化はますます注目を集めるようになりました。甘口小倉抹茶スパとか、メロンパン風スパといった名古屋独自のメニューを見ていると、名古屋の人は、全国の人が名古屋を特殊な目で見ることに、実は喜びを感じているのではないか、という気がしてきます。

今回、私が名古屋において訪ねたのは、フルーツサンドの「朝日屋」。とある本で見た「イチゴ小倉サンド」というものが、ものすごくおいしそう、かつユニークだったからです。

朝日屋は、ＪＲ大曽根駅のすぐ近く。ご夫婦二人で営む、持ち帰り専門の小さなサンドイッチ屋さんです。朝日屋の前に立つとまず、サンドイッチがずらりと並んだショーケースの美しさに、誰もが感動することでしょう。ツナサンドやポテトサラダサンドといったものもありますが、何といってもフルーツサンドの美しい切り口が、見事。

中でも一番人気なのが、イチゴ小倉サンド（イチゴ、小倉、生クリーム）です。他にもバナナサンド（バナナ、生クリーム、チョコレート、アーモンド）、マスクメロンサンド（メロン、生クリーム）、パインサンド（パイナップル、生クリーム）等々、選択に迷うこと必至。

「サンドイッチはやっぱり、切り口が命。髪の毛が切れるくらいの包丁で、スパッと」

とおっしゃるご主人の尾関さんと、

「私はね、バナナサンドが一番好き！」

とおっしゃる奥様の笑顔からは、フルーツサンドに対する心からの愛、がうかがえます。

なぜ、イチゴ小倉サンドというものができたのかというと、もともとイチゴサンドと小倉サンドがあったところに、八〇年代に苺大福がブレイクしたのを見て、「それならサンドイッチでもいけるのではないか」と試してみたとのこと。

「最初は『肥えるでやー』『甘いでやー』って若い娘さん達には不評だったけど……」

次第にそのおいしさが評判を呼び、今では一年を通して、そして老若男女を問わぬ、人気商品。遠くから買いにくる人もいるほどです。

今でも、新商品開発には余念がありません。小倉と栗、さらには小倉とナタデココといったサンドイッチも、あるのです。

「名古屋の人は小倉あんが大好きだから」

とおっしゃるのですが、小倉とナタデココを合わせるという発想は、普通のものではない。名古屋独自の食文化というのは、普通なら異質と思われるもの同士を合わせることによって生まれてくるものが、実に多いのです。うどんやカツを味噌で食べる、とか。うなぎをわさびとネギでお茶漬けにする（ひつまぶし）、とか。甘口小倉抹茶スパにしても、また名古屋ではメジャーらしいあんかけスパというものにしても、〝名古屋フュージョン〟とでも言うべき食べ物であり、朝日屋のフルーツサンドもまた、その一形態なのではないか。

朝日屋の帰り、私は「コメダ」という喫茶店に寄りました。名古屋中に支店を持つ、喫茶店のチェーンなのですが、あまりにどこにでもあるので、名古屋在住の人が東京に来ると、

「東京にコメダは無いの？」

と驚くらしい。

ここで私は、ウェイトレスさんが不思議なものを運んでいるのを見ました。ホットケーキのようなものの上に白いトグロ、つまりソフトクリームがのっている。メニューにはその物体のことが「シロノワール」と書いてあります。

コーヒー（当然、ピーナッツつき）とシロノワールをオーダーし、運ばれてきたものを見て私は驚愕しました。直径十五センチくらいの円形の甘いペストリーにたっぷりのソフトクリー

ムがのり、さらに上からシロップをかけるという、ものすごい食べ物だったのです。「これでもか」というボリュームと甘味に、ここでもやはり名古屋のフュージョン魂が火を吹いていることを実感した、私。

夜になりました。「名古屋と言えばパチンコ」と思い、私はパチンコ屋さんへ。サラリーマン金太郎から水戸黄門まで様々なキャラがパチンコ台になっているのを見て、「これも名古屋フュージョン、だな……」などと、思う。

玉を弾(はじ)きながら、そういえば、と気がついたのです。クリームパンにハチミツをかけてみたり、カレーに納豆を入れてみたりと、私も昔から食べ物を妙な具合に融合させるのが好きだった。私が名古屋好きなのも、この感覚が似ているからなのかもしれないなぁ、と。

玉は、釘の間を通り抜けて、どんどん台に吸い込まれていきます。おっちゃんと肩を寄せて玉を弾きつつ、不思議な心地良さとともに、名古屋の夜はふけていくのでした。

朝日屋
☎ 052-991-4623
愛知県名古屋市北区大曽根 2-11-5

コメダ珈琲葵店
愛知県名古屋市東区葵
3-12-23

岐阜県　中津川　栗きんとん

栗。それは、太古の昔から「おいしいもの」としての地位を守り続けている食べ物。貝塚からは栗の化石が発見されるというし、平安時代の人達にとっても、栗はご馳走だったのです。もちろん今も、栗と聞けば目を輝かせる人の、何と多いことか。色々な種類のケーキがあっても、いつも栗系のケーキを選んでしまったり。お母さんから、

「今日は栗ごはんよ」

などと聞くと、つい家に早く帰ってしまったり。小さくて可愛い外見をしていますが、栗の魅力というのは、ほとんど魔性に近いものがあるといえましょう。

日本における栗の三大名産地といえば、京都の丹波、長野の小布施、そして岐阜の中津川。秋も深まりすっかり栗気分の私は、自分にとって最も馴染みが薄いように思えた、中津川へと

行ってみることにしました。

東京から中津川へ行くには、新幹線で名古屋へ行ってから中央本線に乗るのが時間的には早いのです。が、時は秋。私は新宿から中央本線に乗るルートを選びました。あずさ55号に乗れば、八王子を過ぎた辺りから、窓からは里の秋の風景が。やがて甲斐駒ケ岳や八ヶ岳といった山々も見えてきます。黄金色の山が、青い空に映えるのです。

キリッと空気の引き締まった塩尻駅で、しなの14号に乗り換え。中仙道の宿場町を通り、木曽川を眼下に眺めつつ、中津川へ到着しました。

もしかしたら、駅前に栗のハリボテとか、栗のブロンズ像みたいなものが存在するのかと想像していたのです。宇都宮の餃子(ギョーザ)像のように。が、中津川駅前は意外とシンプルでした。ごく普通の地方都市、という感じ。

ところが一歩町中へと歩きだしてみれば、あるわあるわお菓子屋さん。そしてあるわあるわ栗のお菓子。

まずは、「中津川といえば」という感じで栗きんとんが有名な、「すや西木」へと向かいます。三百年前の創業当時は酢屋だったことが店名の由来、七代目から菓子を作り始めて現在は十一代目というこのお店は、栗きんとんの元祖。

きんとんというと、お正月に食べるねっとりしたものや、目の粗い漉し器で漉したそぼろあんを餡玉の周囲にまぶした上生菓子のそれを想像する人もいるかもしれません。が、中津川できんとんと言えばこの栗きんとん、すなわち蒸して潰した栗と少量の砂糖を混ぜて再び栗のような形に絞る、というもの。

これは、ごくシンプルなお菓子なのです。だからこそ原料の選び方や砂糖の割合、そして潰し具合といったものに関して、さぞや神経を配らなくてはならないであろうことは、容易に想像がつく。

早速、栗きんとんを一個、頂戴しました。口の中でほろっと解ける栗の粗い粒と細かい粒子とを、お茶で喉へと流し込む時の幸福感といったら……！　ごく小さな栗きんとん一個ですが、内包する世界は実に大きい。

他にもすやで販売している栗関連のお菓子は多種多様。併設されている甘味処の「榧」では、栗きんとんを液体化したような、小豆を使わない山栗しるこも味わうことができ、まさに栗好きにとってはパラダイス、といえましょう。

これだけ栗のお菓子屋さんがあるからにはと、少し違うタイプのお菓子屋さんへも向かってみることにします。「すや西木」が老舗の代表格としたら、「満天星　一休」は比較的新しいお店で、独創的なお菓子も生み出しているとのこと。中でも、干柿を使った栗のお菓子が名物だというではありませんか。

干柿と、栗。確かに秋の味覚同士ではあるものの、果たして両者が合うのかと考えてみると、

「?・」という感じ。

しかし「満天星　一休」の苗木店において、実際にそのお菓子「柚の木洩日」を頂戴してみると、これがまた美味しい！　信州は飯田市の市田柿を使用しているという干柿の中に栗きんとんが入っているのですが、干柿の濃厚なねっとりした甘さと、栗きんとんの淡い甘さがなぜか、引き立て合うのです。正直言って、意外なおいしさ。

このお菓子を作るにしても、農家に希望通りの干柿を作ってもらうのは一苦労で、ご主人は農家の方以上に干柿に関して詳しくなったほどだそう。また良質の栗の産地も、今は限られてしまっているらしい。

私達は今や、きれいに包装されたお菓子を見ると、まるでいつでも食べられて当たり前のような気分になるものです。しかし農作物と同じようにお菓子もまた、繊細な自然を相手にしなくては作ることができないもの。その有難味をも堪能しつつ、私は「柚の木洩日」をゆっくりゆっくりと、味わったのでした。


東京にも、栗を使用したお菓子はたくさんあるのです。しかし中津川の栗のお菓子には、栗

に対する愛のようなものが、東京の栗菓子よりもたくさん、込められているような気がする。栗に対する深い思い入れと「栗のことなら」という誇りとが、お菓子の味や、店の佇まいから感じることができるのです。

東京に戻って、

と言えば、栗好きの友人知人は、

「中津川で栗三昧（ざんまい）だった！」

「うわぁ！　いいなぁ！」

と叫びました。それはまるで、竜宮城を思い出す浦島太郎もかくや、という表情。

ここまで婦女子を夢中にさせるとは、素朴な顔をしてなかなかやるのぅ……と、栗の魔性っぷりを改めて確認する私。そういえば、あの手の下ぶくれ系素朴顔って、実は一番モテたりするんだよねと、関係無いことまで、考えるのでした。

すや西木
☎ 0573-65-1718
岐阜県中津川市中津川1296-1

満天星　一休
☎ 0573-65-0193
岐阜県中津川市苗木岡田2531-1

近　畿

滋賀県　近江八幡　小富久

節分というのは、数ある年中行事の中でも何となく、地味な印象があるものです。神社の豆まきに行ってお菓子などをもらったり、また家の中で、

「鬼はー外！」

という例のかけ声とともに豆をまく、なんてことももちろんやったのですけれど、なにせメインの食べ物が豆。豆をまくのは面白かったけれど、食べるとなるとクリスマスのケーキとか、こどもの日の柏餅などに比べて、いかんせん質素です。

節分のキャラクターが鬼であることも、その地味っぽさに関係してくるのでしょう。ユーモ

ラスであることは間違い無いのですが、サンタさんのように子供達に実利はもたらさない。おしゃれ感も、あまり無い。

しかし考えてみると、実は節分には「鬼は外」の鬼の他に、もう一人のキャラクターがいるのでした。つまりそれは、「福は内」のお多福さん。

お多福といのは、実に愛敬のある存在です。お多福顔というと「ブス」の意もあるわけですが、ブスとはいっても、それは人々に親しまれるファニーフェイス。

かく言う私は、かなりのお多福ファンなのです。京都に、お多福つまりおかめをまつる千本釈迦(しゃか)堂というお寺があり、そこで売っていたおかめのお面があまりに可愛いので部屋に飾っているほど。そのお寺で知ったところによると、実はおかめには、大工さんであった夫の失敗を助け、その秘密を守るために自害したという、その福々しい顔に似合わぬ烈婦伝説もある。お多福は、ただ愛想が良いだけの存在ではないのです。

節分を前にした今回の旅の行き先は、滋賀県の近江八幡。昔ながらの美しい町並みで有名な場所ですが、それ以外の予備知識は何も持たず、まさにふらぁーっと、訪れてみました。

近江と言えば、近江牛と近江商人。それくらいしか思い浮かばない私は、まず近江牛を食べさせてくれるお店で昼食を食べ、町をぶらぶらと歩きはじめました。旧い木造の商人屋敷と、明治時代に日本にやってきたアメリカ人、ウィリアム・メレル・ヴォーリズが設計した洋館とが、不思議な調和を保っています。ちなみに、保存か取り壊しかで大騒動になっていた、同じ滋賀県は豊郷町の豊郷小学校も、このヴォーリズさんの設計なわけですが。

近江八幡と言うからには神社もあるのだろう、と思って探していると、それはすぐに見つかりました。誤解している方もいるかとは思いますが（私は誤解していた）、それは「近江八幡」という名の神社ではありません。近江八幡の「八幡」は、日牟禮八幡宮のことをいうのです。

近江商人達が、全国に行商に行く前に必ずお参りしたというこの神社。私もその鳥居をくぐってみると、何やら良い佇まいのお店が目に入ってきました。して看板を見ると、そこには「たねや」の文字が。

たねやと言えば、おばあちゃんの家なんかに行くとよく「食べなさい」と出される、皮と餡とが別々になっていて自分で挟んで食べる最中「ふくみ天平」が有名なお菓子屋さん。〝そういえば、滋賀のお店だったたっけねぇ……〟と、吸い込まれるようにそのお店「たねや日牟禮の舎」の中に入っていきました。

すると、お店の中はやけに暖かくて、良い薫りがするのです。店の中には大きな囲炉裏があり、炭が燃えている。また一方にはおくどさんがあり、お茶がかかっている。良い薫りは、せいろで蒸しているよもぎのものでした。

思わず、そこでぜんざいを一杯。毎日、店でつくという粟餅が入っています。

「囲炉裏にかかっているお味噌汁も、ご自由にどうぞ」

というお言葉に甘えて、鉄鍋に煮えていた豚汁もいただいてしまった。見上げれば、高い天井に太い梁。ゆったりとした空気が流れていて、妙に落ち着くお店なのです。

と、そこで和みながらお店のカタログを見ていた私は、あるものを発見したのでした。それは、二月一日から三日まで、つまり節分前後の三日間しか販売されないお菓子「小富久」。お多福の顔の形をした薯蕷饅頭の口の部分にだけ、ぽちっと紅のついた、愛らしいお菓子です。たった三日間しか販売されないそのコフクちゃんに、是非とも会いたくなってきました。

実を言うと私、特別に無理を言って、小富久を節分前に食べさせていただいたのでした。お多福さんの形をしたパッケージの中に並ぶ小富久は、本来であれば鼻があるべき部分が、ぺこっと凹んでいます。やっぱりお菓子もお多福顔で、そのブスさ加減がいとおしい。

お多福さんは、おへちゃだったからこそ、こうやって今も愛されているのだねぇ……と食べてみると、中に入っているのは、薄桃色の味噌餡。〝もうすぐ、春がやってくるのだなぁ〟と思わせてくれる、形と味です。こんなお菓子があったら、子供時代の私ももう少し節分のことを楽しみにしていたのかもしれません。

お店から出て、私は再び、町をぶらつきました。歩いているうちに発見したのは、近江兄弟社学園という学校です。近江兄弟社といえばメンタームの会社として有名ですが、会社の名前がついた学校……？　と、珍しい感じもする。

聞けば、近江兄弟社を創設したのもこの学園をつくったのも、前出のヴォーリズさんなのだそうです。門から眺める学園の建物も、なるほど実に可愛い洋館。

学園から、授業を終えた小学生が出てきました。彼は小学生らしく、色々なものに興味を抱きながらフラフラ歩いていきます。ランドセルを背負って、昔の商人屋敷が続く町並みを歩く、彼。その背中を見ていると、何だかその昔の商家の小僧さんがちょこちょこと歩いているかのように、思えてくるのでした。

たねや日牟禮の舍
☎0748-33-4444
滋賀県近江八幡市宮内町日牟禮ヴィレッジ

京都府　烏丸通　あんみつ

以前、京都に遊びに行った時のこと。骨の髄まで京都人、という年上の友人と甘いものでも食べようか、となった時。

どこに連れていってくれるのかなぁ、地元の人しか知らないようなシブーい甘党の店とか……？　と、私は楽しみにしていたのです。が、彼女が向かったのは、「虎屋」。

〝虎屋って東京の店なのに、なんでわざわざ？〟と、私は薄く不満に思いました。が、まぁとりあえず行ってみるか、などと思いつつ、彼女についていった。

虎屋一条店は、御所の西に面した烏丸（からすま）通にあります。さらに道を一本折れてみれば、静かな住宅街の中に、虎屋菓寮京都店がある。

お店の中に入った瞬間、私はある種の感慨を覚えました。烏丸通を曲がっただけで周囲の空気が急に静かなものになっただけでなく、お店の中に入った瞬間、店の奥に広がる美しい庭が、いきなり目に入ってくる。店内が黒を基調にしたインテリアであるだけに、また、店の奥に庭が広がっていることなど全く予期していなかっただけに、余計にその景色は美しく、私の胸は一瞬ドキリ、と高鳴った。

この感覚は、京都ではよく覚えるものなのです。表には小さい看板しか出ていないお店。そのお店に、京都特有の細ーい路地を歩いて入っていくと、戸の奥には表からはとても想像できないほどの精緻（せいち）で濃密な小宇宙が広がっている、という経験は少なくありません。京都の虎屋菓寮においても、私は同じように、表と裏の予期せぬ違いによってもたらされる演出効果、のようなものを覚えてしまったのです。

甘いものを食べつつ友人と話していて、さらに私は驚きました。東京人である私は、虎屋と言えば赤坂の本店か、銀座店という認識。虎屋は東京の和菓子屋さんだと思い込んでいたのです。

が、彼女に聞けば、

「虎屋さんはもともとはずーっと京都のお店で、皇室の御用しはってたからここに店があるんやでぇ。で、明治天皇が東京に移った時に、虎屋さんも一緒に移らはったんやなぁ。だからほら、東京の虎屋本店も、御所のそばにあるやろ」

と言うではありませんか。ですから彼女は、

「わたしらはずっと、虎屋さんいうたら京都のお店やと思ってたけどなぁ」

と、言う（京都弁が間違っていたら、ご容赦を）。

私は、そうだったのかぁっ、と膝を打ちました。そして〝なんでわざわざ京都で虎屋に……〟と思った自分を、ちと恥じた。

聞けば、明治の遷都の際、京都から東京に移った店は虎屋だけではないとのこと。東京の皇居近くに店がある老舗(しにせ)は、虎屋と同じく、明治天皇と一緒に店を移したケースが多いのだそうです。

私は京都の虎屋でお茶を飲みつつ、今まで教科書でしか知ることのなかった「歴史」というものを、実感したような気になりました。そう、京都は単なる大観光地ではない。ここは百年少し前までは、日本の首都だった場所なのだ、と。

そして私は、今回もう一度、京都の虎屋を訪ねてみることにしたのです。昔は、京都の地図の中で広大な敷地を占める「御所」を見ても、〝なーんにも無さそうだしー〟と全く興味が湧かなかったのです。が、虎屋の話を聞いて以降、〝あそこの虎屋が、この御所に饅頭(まんじゅう)を納めて

いたわけか〟と思うと俄然(がぜん)、かつてそこに天皇が住んでいたという事実が、リアルに感じられてくる。

御所に沿って、烏丸通を南から北へと歩いていけば、「蛤御門(はまぐりごもん)」という門もあって、「ああっ、『蛤御門の変』って、確かに日本史で習った!」と、興奮してみたり。年号を覚えたりすることを大の不得手としていた私としては、蛤御門の変がいつ起こったか、そしてどんなものであったかは全く記憶していないのですが(高校時代に使用した『日本史辞典』をひっくりかえしてみたら一八六四年の出来事でした)、教科書に載っていた名詞を目の前にしてみると、〝歴史って、嘘じゃなかったんだ〟と、馬鹿みたいな感慨が。

虎屋で供されるお菓子は、おそらく天皇が近所にいた時代は、御所の中の人々や武士、お金持ちの商人といった人の口にしか入らなかったものです。それを今、私達が口にできるのは、様々な歴史の偶然が重なったからなのでしょう。

私は、虎屋の方に案内していただきつつ、お庭に出てみました。すると庭の奥には、江戸時代から建っているという蔵やお稲荷(いなり)さんが。聞けば、虎屋は記録が残っているだけでも一六〇〇年からの歴史を持ち、現在の当主は十七代目。そうなってくるともう、歴史のリアリティーというのはほとんど理解できず、〝うーむ、とにかく、古いのだ〟と、納得するばかり。

店内では、あんみつをいただきました。あんみつと言うと庶民的な食べ物というイメージがありますが、ここで食べるあんみつは、違います。普通の寒天の他にも、サイコロ状の粟羊羹（あわようかん）、琥珀（こはく）羹、水羊羹などが配置されていて、とてもきれい。御所あんみつ、という感じ。机に肘（ひじ）などつきつつ、

「○○ちゃんって離婚しそうなんだってェー」

「えー、まじィー」

と友人と話しながら食べるのが普通のあんみつだとしたら、虎屋のあんみつは、すっと背筋を伸ばし、庭を見やりながら美しく食べたい。

明治遷都のお陰で、私達は今、東京の虎屋菓寮においても、同じ味のあんみつを食べることができます。が、京都の御所の道を歩いて虎屋に行き、そこがかつて日本の中心であったことに思いを馳（は）せつつあんみつを食べるのも、ちょっと大人っぽくていいなぁ……という気が、いたします。

虎屋菓寮京都店
☎ 075-441-3113
京都府京都市上京区一条通烏丸西入

京都府　今宮町　あぶり餅

京都に行く度に、どうしても食べたくなってしまうものがあります。それは、今宮神社の参道で売っている「あぶり餅」。〝今回は今宮神社方面へ行く予定も無いし、別に食べなくてもいいか……〟などと思っても、心のどこかでは「あぶり餅を食べていない」ということがひっかかってしまう。そしてついつい、空いてる時間にタクシーを飛ばしたりしてしまうのです。

あぶり餅とは、細い竹串の先に親指の先ほどの餅をつけ、きな粉をまぶして炭火で焼き、白味噌の甘いたれで食べる、というもの。餅と白味噌が好きという私にとっては、たまらない組合せのお菓子です。そしておいしいお菓子といえばたいてい東京にも似たようなものが存在することが多いのですが、こればっかりは東京には、無い。京都に来た時にしか味わうことができないのです。

今宮神社は、平安遷都以前からあったと伝えられる古い神社です。いきなりあぶり餅を食べるというのも本末転倒な感じがするので、まずは今宮神社でお参りを済ませてから、脇の参道へ。すると道の両脇にあぶり餅屋さんが、一軒ずつ。

初めて行く場合は、どちらに入るか迷うところでしょう。京都の友人に聞いてみても、好みは人それぞれ、らしい。

私は、初めての時から何となく、神社を出て左側の「一文字和助」、略して「一和」の方へ行っています。古い構えの店の前では、炭火で餅を焼いている。メニューは一種類だけですから、席に案内されれば自動的にあぶり餅とお茶が出てくる、という寸法。

あぶり餅は、一人前が十五本です。……と言うと、ものすごい量を想像してしまうかもしれませんが、なにせ一本が親指の先大。さほどの量ではありません。

そして、この「一人前が十五本」という形式が、あぶり餅人気の原因の一つとなっているのではないかと、私には思えるのです。

十五本の竹串が目の前に運ばれると、一瞬「わぁ、たくさんある！」と確かに思うのです。が、串一本を一口で次々と食べるうちに、いわゆる「かっぱえびせん効果」というものが出てくる。つまり串一本分の餅ではとうてい口の中がいっぱいにならないため、もう一本、また一本……と、「やめられない、とまらない」状態になっていき、ふと気がつくと全部食べてしまっている。そして「もう無いの？」とまで、思う。

　白味噌のたれの甘味と、炭火で焼いた餅の焦げ目の香ばしさとのハーモニーを味わうにも、十五本に分割してある餅は効果的です。餅の表面積が広い分、たれがたくさん絡まり、焦げ目もたくさんつく。同じ分量の餅を一まとめにして炭火で焼いてたれをかけても、同じ味は決して出ないことでしょう。

　シンプルでありながらも、実に効果的な計算がなされているこのあぶり餅ですが、実はとても古い歴史を持っているのです。「一和」は何と、創業約千年だとのこと。つまりは平安時代から、今宮神社の参道ではお参り帰りの人達があぶり餅を食べていたというのです。もしかしたら、清少納言や紫式部も、あぶり餅を食べたことがあるのかもしれません。

　店の床下には、平安時代に掘られたという井戸が、残っています。井戸まで降りてみると真っ暗でちと恐いのですが、外気よりもいっそうひんやりとしている空気からは、平安時代の香りが漂ってきそう。そして一和で出されるお茶は、平安時代にもそうしていたのでしょう、井戸の水を湧かして淹(い)れたものなのです。

　お台所（調理場と言うより、この言葉の方が雰囲気に近い）も、見せていただきました。するとそこも、現代とは思えない世界。昔ながらのおくどさん（カマドの意）が並んでいて、もち米はそこで炊く。その餅を親指大にちぎるのも、串に刺すのも、炭火で焼くのも、全て手作業です。ついでに言えば、青竹を切って乾燥させて細い串に割るのも、手作業。

よく、民俗資料館などでは「昔の台所」の見本が紹介されていることがありますが、それが「一和」では今もなお、実際に使用されているのです。そしてこのような風景を見ると私は、「世の中には色々な人がいて色々なことが起きているが、実は現代というものは、色々な時代が混在することによって、形成されているものなのであるなぁ」という思いを、強くするのです。そう、私達が見ているものは、〝現代〟のほんの一部でしかない。

店先に佇(たたず)んでいると、観光客ばかりでなく、地元の人もあぶり餅を買いにやってきます。そして私は、家の近所にあぶり餅屋さんがある人達のことを、激しく羨(うらや)ましく思うのです。あぶり餅はお持ち帰りすることができるけれど、なにせ本当のお餅ですから、どうしたってその場で食べるのが一番おいしい。ああ、食べたい時にあぶり餅が食べられたらどんなに幸せか……。

しかしやはり私は、「京都に行かなくては食べられないもの」だからこそ、あぶり餅が好きなのでしょう。何でも「お取り寄せ」ってやつができてしまう今だからこそ、わざわざ行かなくてはならない店への恋慕は、強くなる。

いにしえの人々もきっと、あぶり餅を食べることによって「今日も無事にお参りをすることができて、よかった」という思いを強くしたことでしょう。そして、あぶり餅食べたさに、今宮神社へのお参りを計画した人も、いたかもしれない。

私も十五本のあぶり餅を食べ終え、それでも「かっぱえびせん効果」のせいで後ろ髪を引かれるようにして、参道を後にします。千年前から人々の心を捉えて離さなかったお菓子には、やはりそれなりの理由がある。帰途につきつつ、早くも次にあぶり餅を食べられるのがいつなのか、という算段をしてしまうのでした。

一和
☎ 075-492-6852
京都府京都市北区紫野
今宮町69

京都府　右京区　羊羹

年末に、静かに心を落ち着けることができる場所を求め、京都へと向かいました。行き先は、清滝（きよたき）。おばあさんが一人でやっている「くれない茶屋」というところが、清滝にあると聞いたのです。

くれない茶屋は、お客さんからの電話連絡があった時だけ開ける店なので、時によっては甘いものが無いかもしれない、という噂も聞きました。甘いものが無いのでは、「甘党」ではなく単なる「流れ旅」になってしまいます。私は京都駅に着いてからまず、何かお菓子を買うために伊勢丹の地下食品売場へ向かいました。

伊勢丹の地下には、かねてより私が食べてみたかった、亀屋清永の「清浄歓喜団」が売っていました。これは、奈良時代に遣唐使によって伝えられたといわれる、日本最古のお菓子の一種。これはよい、と早速購入します。

清滝へは、京都駅からバスで一時間かかるのでした。バスは太秦（うずまさ）や嵐山を通り、次第に山道に入っていきます。終点の清滝に着く頃には、乗客も登山服姿のおじさん一人だけ。下車する時、運転手さんも不審そうに、

「ここは愛宕（あたご）山への登山口があるだけですよ」

と、語りかけてきます。

バス停に降り立つとその瞬間、山の匂いがうわっと、迫ってきました。運転手さんの言う通り、周囲にあるのは確かに山と川だけ。

少し歩くと、民家や旅館らしきものも見えてくるのですが、雰囲気はあくまで山里。道に迷いつつ、やっとみつけた「くれない茶屋」は、清滝川沿いにひっそり佇む、日本家屋だったのでした。

「ごめんください」

とおずおずと呼んでみると、

「あらあら、そっちから来はったん！　どうぞこっちに回って！」

と、奥から声が。どうやら私は、裏庭からのっそりと登場してしまったらしいのです。

そこに迎えに出て下さったのが、くれない茶屋のあるじ、秋山夙子さん・八十歳（二〇〇三年当時）。奥のお座敷に、案内して下さいました。

と、そこは部屋の二面から清滝川を見下ろすことができる、絶景のお部屋。「おおっ」と感動している間に、

「こんなところまでよう来ておくれやしたなぁ、まぁまぁ寒いのに」

と夙子さんはとても八十歳とは思えないてきぱきとした動きで、ストーブをつけ、座布団を出し、そしてお茶と羊羹を出して下さったのでした。私はただボーッと木偶（でく）っているだけで、ほとんど、おばあちゃんの家を久しぶりに訪ねた孫状態。ズズッとお茶をすすっていると、夙子さんも一緒に座って、おしゃべりが始まりました。何でもこの家は昭和四年に建ったものであり、夙子さんは昭和十六年にご家族と一緒に引っ越してきたとのこと。結婚し、子育てをしながら役場勤めも続けていた夙子さん。定年まで勤めあげたキャリア・ウーマンでもあるのだそうです。

……とこんな風に書いても、くれない茶屋の雰囲気はよく伝わらないかもしれません。ここは、お茶を飲みにだけ来る場所でもなければ、景色を眺めにだけ来る場所でもありません。言ってみれば、お茶と景色を楽しみながら、夙子さんのお話を聞きに来る場所なのです。

「会社に入ったばっかりの若い子が『もういやや』とか言うて来たからなぁ、ごっつ怒ったこともありますねん。なんぼええ大学出てもなぁ、朝会社に行ったらまず守衛さんに挨拶せなあかん、て」とか、「人間はな、欲から離れたらな、みんな賢うなるのんに……」とか、「心さえきれいならな、人さんが助けてくれはるんやわ」とか。

考えてみれば、自分の親だの祖父母だのとは、あまり改まって人生の話など、しないものです。しかしここでは、初めて会った夙子さんの人生訓を、なぜか素直に聞くことができる。

「男ってしみったれやからなぁ〜。でも女はな、六十歳を過ぎてから頑張りますやんか」

という言葉には「その通り」とうなずき、

「若い時にがんばりやっしゃ！」

と言われれば「頑張ります！」と思う。

「自分に厳しいせなあかんわ」

ということも、この和室において夙子さんから京都弁で言われると、「本当に厳しくせなあかんわ！」と、思えてくるのです。

おしゃべりに夢中になっているうちに、外はとっぷりと日が暮れました。私は、ハタと気付いて持ってきたお菓子を差し出した。が、夙子さんは「京都のお菓子なのだから、持って帰って食べなさい」と、受け取って下さらない。それどころか、庭でとれた柿やらユズやらを、たーんと袋に詰めて持たせて下さるのです。

お名残おしいのですが、帰りのバスの時間が迫っています。くれない茶屋からバス停へつづく道までは、ものすごく急な坂道なのですが、「本当に大丈夫ですから！」とどんなに言っても、夙子さんは懐中電灯を持ち、私の足元を照らして一緒に登って下さるのです。

上まで到着してから、

「どうかお元気で、失礼します！」

とご挨拶して、さらに五十メートルほど先のバス停まで、私は走りました。バスの姿が見えたので、ああ間に合いそうだと思ってふと後ろを振り返ってみると、遠くに見えたのは、街灯も何もない真っ暗な山道に揺れている懐中電灯の光。夙子さんはずっと、そこで見守ってくれていたのです。

他人のことを想(おも)うというのは、こういうことなのだなぁ。ポツリと見える光に向かって、

「さようならぁっ」

と叫んだ時に鼻の奥がツンとしたのは、寒さのせいだけではなかったのでしょう。

くれない茶屋
☎ 075-871-5216
京都府京都市右京区嵯峨清滝深谷町 5-10

京都府　左京区　白味噌雑煮

　お正月といえば、お雑煮。東京生まれの私が今までずっと食べてきたお雑煮は、すまし汁に角餅や人参や大根が入っているものですが、日本各地にはずいぶんと色々なタイプのお雑煮があるものです。

　中でも私がかねてより興味を抱いていたのが、京都の白味噌雑煮。私はそもそも、あの甘くて香ばしい白味噌というものが大好きであり、それをお雑煮で思い切り味わうことができるとはなんと羨ましい、と思っていたから。

　白味噌雑煮はしかし、東京の人間がおいそれと食べられるものではありません。お雑煮は家庭で食べるものなわけで、お正月に京都で誰かの家に行かない限りは、食べることができない。白味噌仕立てのお吸い物などでその味を想像するしか、なかったのです。

そんな折り、私は情報を入手しました。京都に、白味噌雑煮を食べさせてくれるお店があるらしい。それもお正月だけでなく、十一月中旬から四月上旬まではずっと。〝これぞ、求めていたお店……！〟と私は勇躍、新幹線のぞみ号に飛び乗ったわけです。

京都の冬は、寒い。これは定説です。私がそのお店に行った日も、京都には氷雨が降っておりました。目指すお店の近くにある法然院にも銀閣寺にも、人はまばらです。ブーツの先も、冷たく濡れてきました。

が、目指す「夛み家」に入った瞬間、私の気持ちはふわぁっと、ほどけてきたのでした。私を迎えて下さった女性の笑顔が、とても素敵だったから。京都のお店に入る時は、いつも何となく緊張する私ですが、その緊張も外の寒さも、お店に入った途端に忘れることができた。

笑顔で迎えて下さったのは、北村さん。妹さんと一緒に、このお店をやってらっしゃいます。清潔でシンプルな作りのお店は、京都にある他のお店のように、老舗然とはしていません。それもそのはず、夛み家はまだできて三年という、新しいお店なのです。

なぜ、白味噌雑煮をメニューに載せるようになったのか。その辺の事情をぜひ知りたくて、私は、北村さんにお話をうかがいました。まず驚いたのは、北村さんは東京出身の方だということ。

「京都で料理旅館をしている家に二十年前、なーんにも知らずに東京から嫁いできたのよ。ふふ」

と可愛くおっしゃる北村さんの言葉は、確かに京都弁ではない。

私はそこで、おおいに合点がいきました。北村さんが京都の人ではなかったからこそ、「白味噌雑煮をお店で供する」という発想は生まれたのではないか、と。北村さんが東京生まれの人だから、「白味噌雑煮、食べてみたーい！」という余所者の気持ちをすくいとることができたのでしょう。

ご主人の実家では、餅料理のお店もやっていたため、甘いもの好きであったれいこさんが「㐂み家」を開き、さらには「京都でお正月に食べるお雑煮っておいしいから、皆さんにも食べていただきたいと思って」と、白味噌雑煮をメニューに載せるに至った、と。

「ううう、こんなお店を待っていたのです……」

と、私はとても嬉しい気分になった。

㐂み家には、白味噌雑煮と小さな豆かんのセットというメニューもあります。豆かんといえば、東京のおやつという印象が強いメニュー。

「私、東京でも下町の方に生まれたから、豆かんなんかは若い頃、よく食べていたのよ。でも京都にはないでしょう？　だから京都の人にも、豆かんを食べてもらいたいなぁって」

と、北村さん。つまり、白味噌雑煮と豆かんのセットは、北村さんが東京と京都で生きてきた中で「おいしい」と思ったものをまとめたという、実に単純、しかし老舗にはなかなかできないという、貴重なセットなのでした。

店内を見回してみると、客層は様々。観光客も地元の人の姿も一緒に、甘味を楽しんでいます。お正月以外でも白味噌雑煮を食べられて嬉しい。という京都人も、少なくないのだそうです。

いよいよ頂戴することができた白味噌雑煮は、香り高い白味噌の味が生きています。中には、丸餅とよもぎ麩（ふ）が入り、上にかつお節を糸のように細く削ったものが、ふやふやと動きながら、載っています。最高級の昆布でとった出汁（だし）の香りもあいまって、「……滋味……」という感じ。

そこにたまたまいらしたのは、北村さんのご主人。生粋の京都っ子です。そこで京都のお雑煮についてうかがってみると、家庭のお雑煮には、もっと色々な具が入っているのだそうです。中でも特徴的なものは、「人の頭（かしら）になるように」という願いが込められて入れられる頭芋。

「握りこぶしより大きいのが丸ごとお椀に入ってるから、最初はつゆはほとんど入らへん」

のだそうです。私はあとで錦市場で見てみましたが、なるほどその芋は嬰児（えいじ）の頭大という感じ。何だか京都人のお正月って、アメイジングだ……。

お正月は家族で祝うものであり、京都の本当のお正月を体感することは難しいのです。しかし、「おいしいから、食べてもらいたいと思って！」という北村さんの柔軟さによって、私達は白味噌雑煮を味わうことができる。
外は、雨。しかしこっくりと甘くて熱いお雑煮を食べた私は、幸せ。今年も良い年でありますようにと祈りつつ、甘党の旅は続くのでした。

銀閣寺　㐂み家
☎ 075-761-4127
京都府京都市左京区浄土寺上南田町 37-1

大阪府　難波　善哉

大阪は、日本で二番目の都市。……ということで、私達は大阪のことを何となく「知っている」という気分になりがちです。東京も大阪も同じ日本の大都市なのだし、似たようなものだろうと思うのです。

確かに大阪に行けば、東京より少しタコ焼き屋さんが多いかな、という気はするものの、東京にあるものが軒並みそこにはある、という感じ。

「近ごろは、大阪らしいものが何もなくなってしまった」

と大阪人が嘆くのも、わかるような気がします。

が、街を歩き、大阪人と話してみると、そこは明らかに東京とは違って、もっとディープな世界が広がっている。同じ日本語を話す者がそこにはいるのだけれど、だからこそ微妙な違いがたくさん、浮き出てくるのです。

　では、甘味の世界においてはどうなのか。今回はそれを確かめるべく、上方へと流れてみました。

　行ってきたのは、大阪の甘味どころとしては全国的に有名な、そして実に大阪らしい由来を持つ店である、「夫婦善哉」。大繁華街であるなんばの真ん中、法善寺横丁に位置しています。明治十六年に浄瑠璃語りの竹本繁太夫が副業として始めた（っていうのがまた実に大阪。昔の太夫さんというのは生活が苦しかったらしいです）という古いお店で、一人に二杯ずつのぜんざいが出てくるのが、特徴です。

「夫婦善哉」がなぜ有名かというと、それは昭和十五年に発売された織田作之助の小説で、映画や文楽にもなった「夫婦善哉」によります。

　駆け落ちして一緒になった甲斐性なしで吃音の夫・柳吉と、しっかり者の妻・蝶子。蝶子は柳吉から何度裏切られても、芸者をして支え続ける。さんざ苦労した結果、その夫婦関係が落ち着いてくるか、という小説の最後に近い場面で二人は「夫婦善哉」へと行きます。そこでぜんざいをすすりながら柳吉は、

「こ、こ、ここの善哉はなんで、二、二、二杯ずつ持って来よるか知ってるか、知らんやろ、こら昔何とか太夫ちゅう浄瑠璃のお師匠はんがひらいた店でな、一杯山盛にするより、ちょっ

とずつ二杯にする方が沢山はいってるように見えるやろ、そこをうまいこと考えよったのや」

と言い、それに対して蝶子は、

「一人より夫婦の方が良えいうことでっしゃろ」

とさらりと返す。きっとこれからも柳吉は蝶子に迷惑をかけ続けるだろうけど、蝶子は柳吉を支えていくのだろうなぁ……と、読む側としてはしみじみとした想像をします。


ド派手なミナミの繁華街の中で法善寺横丁は、まるでそこだけが昔の大阪であるかのような風情を漂わせる場所です。細い横丁の途中にある水かけ不動尊には、次々と人が立ち寄り、水をひしゃくでかけて、お祈りをしていく。常に水をかけられているせいで、不動様は地の部分が見えないほど、緑色に苔むしています。

「夫婦善哉」があるのは、そのすぐ横、水かけ不動尊の視線がじゅうぶんに届く位置です。扉を開けて入ってみると、そこは意外なほどに小さなお店なのでした。

メニューは「夫婦善哉」のみ。間もなく、小説の中にあった通り、二つのお椀に入ったぜんざいが、運ばれてきました。

東京でぜんざいと言ったらお汁粉の濃いものというか、つぶ餡のゆるいものというか、とにかくその手のものを指しますが、大阪で言うぜんざいとは、東京におけるお汁粉のこと。「夫婦善哉」では二杯のぜんざいの中に、お餅ではなく丸い白玉が一つずつ浮いています。

最初は、ぜんざい二杯も……と思うのです。まさに、「二杯になっていると一杯よりも多く見える」。しかし食べてみると、一杯にそうたくさんは入っていないので、意外なほどすぐに食べられます。さすがは大阪の人やなぁ、うまいこと考えはったなぁ、と周囲の環境に影響され易い私は、大阪弁で思ってみるのです。


大阪を舞台にした物語を読んでいると、大阪の女というのはたいてい、蝶子のようにしっかり者の「なにわのド根性」を持ったタイプが多いのです。対して大阪の男は、遊び好きで甘えん坊の、ダメ男。女性が男性をしっかりと操縦する、という男女像です。おそらくそれが大阪における一種の男女交際パターンというものなのでしょう。

そういえば大阪に転勤した私の女友達は、

「大阪の男は……、駄目だわありゃ」

と言い切っていました。東京育ちの彼女に大阪の男性は、どうも頼りなく見えたらしい。対して大阪の女性はよく、「大阪弁を話さない男なんて絶対嫌」といったことを言うものです。大阪女にとっては、たとえどれほど頼りなくとも、その頼りない部分ごと、大阪男に惹(ひ)かれてしまうのではないか。

そう考えてみるとこの大阪における男女交際パターンは、実に今風という感じもするのです。

「頼られるの嫌なんですよねー僕」

といった男性が非常に多い昨今。それにつられるようにして、女性は強くなってきている。それはまさに、蝶子と柳吉の「夫婦善哉」パターンと似ているのではないか。

実は大阪というのは、未来先取り都市なのでした。風俗関係にしても何にしても、新しい商売の形態が出現するのは、いつも大阪だと言います。同じように男女交際においても、「ダメ男を女がひっぱる」という都会的パターンが、だいぶ昔から大阪では確立していた。

もちろん、一杯のぜんざいを二杯に分けるという意表をつくアイデアも、大阪ならではのものです。夫婦善哉をすすりながら夫婦の有り難みをしみじみ実感するという蝶子・柳吉のカップルの姿からは、古きよき時代の懐かしい感覚と、妙に新鮮な今風の感覚が、同時に漂ってくるのでした。

夫婦善哉
☎ 06-6211-6455
大阪府大阪市中央区難波 1-2-10

兵庫県　尼崎　飴

のだけれど、吉本の芸人さんや関西の球団の中にしばしば見かけることができる関西人特有の顔は、東京では決して見ることができないもの。

尼崎の商店街を歩いていると、その関西顔の人達が、わんさといるのでした。さらには商店街中に、阪神優勝を祈る旗だののぼりだのが掲げられている。自動販売機も阪神カラーに塗られ、阪神優勝祈願セールもそこここで。

「ああ、西に来たのだなぁ……」

と、そんな風景の中を歩いているとしみじみと思います。

兵庫県尼崎市は、大阪市のすぐ西隣。一時は公害のイメージも強かった場所であり、関西の

友人に聞くと、

「マ、かなりヤンチャな場所やなぁ」

　ということなのだそうです。

　また以前、関西では大人気の「探偵！ナイトスクープ」というテレビ番組を見ていて、「尼崎の人に『どちらにお住まいですか？』と聞くと、必ず『アマですわ！』と答える」という事実を知ったのですが、果たしてこの「アマ」、どんな風にやんちゃな場所なのか……？


　と思いながらアマを歩き、今回の目的地「ヒノデ阿免本舗」に到着すると、アマの印象は随分と違ったものになったのでした。

　ヒノデ阿免本舗は、その名の通りの飴屋さん。阪神尼崎駅からほど近い場所にあるのですが、商店街とは全く異なった落ち着いた町並みの中に、佇んでいます。

　それもそのはず、尼崎というのは実は城下町。ヒノデ阿免本舗の前を流れる庄下川は昔は尼崎城の外堀であり、ヒノデ阿免本舗の辺りは、お城があった当時は繁華街だったのだそうです。

　ヒノデ阿免の四代目・久保勝さんご夫妻も、城下町の空気に相応しく、実に穏やかな雰囲気の方々だったのでした。飴を手早く包装しつつ、

「うちはねぇ、飴しか作っていないんですよ」

と、微笑む。

確かにこのお店では、水飴状の〝やわらかい飴〟と、普通にかたまっている〝かたい飴〟の二種類しか、販売していません。ご主人が、壜（びん）に入ったやわらかい飴を割り箸（ばし）でたぐり、「どうぞ」と味見をさせて下さいます。割り箸を口の中に入れると、飴がトロリと溶け出すと同時に、香ばしくて柔らかい甘さが広がる。

「砂糖は全く使っていないんですよ。もち米を蒸して寝かせて、お湯と麦芽菌を加えて醗酵（はっこう）させ、しぼり汁を煮込んだものが、この飴」

とのこと。甘味の少ない昔は、飴の甘さが貴重なものだったに違いありません。

尼崎の人達も、ヒノデ阿免を愛してやまないようです。警察署長さんも来れば、地元の〝親分さん〟もお使い物としてヒノデ阿免を買う。もっと大昔は、ちょんまげ姿の武士もこの飴を買いに来たそうですから、アマの人達にとってヒノデ阿免は、なつかしの故郷の甘味。

さらに、

「これも是非、食べてみて下さい」

といただいたのは、出来たてでまだあたたかい、〝かたい飴〟。あたたかい飴、というものを初めて食べましたが、香ばしさがさらに引き立って、とてもおいしい。

「この、飴ちゃんのアツアツだけは、よそでは食べられませんよ」

というお言葉の通りなのです。

ここで私が気になったのは、「飴ちゃん」という言葉。かねてより、関西の人はなぜ、飴のことを「飴ちゃん」と言うのだろうと気になっていたので、飴は飴屋とばかりに久保さんに聞いてみたところ、

「どうしてなんでしょうねぇ……、関西は『おいもさん』みたいに食べ物に『さん』をつけることはよくありますけど、確かに『ちゃん』をつけるのは、飴だけですねぇ。それだけ飴が、皆に愛されてるということでしょうか」

とのこと。確かに久保さんご夫婦が大事に作ったヒノデ阿免を見ていると、「飴ちゃん」という言い方が、とても相応しく思えてくるのです。いとおしむように飴のことを語るご夫婦を見ていると、「甘党に悪党ナシ！」と、思えてきます。

ヒノデ阿免本舗をおいとまして少し歩くと、そこには寺町がありました。右も左もお寺、という道は、商店街の賑やかさから考えると、まるで別の街のよう。

そういえば浄瑠璃「絵本太功記」における最も人気のある「尼ケ崎の段」では、ここ尼崎を舞台にして、光秀だの久吉（秀吉のこと）だのが交錯します。そんな物語があってもおかしくないと思わせる雰囲気が、城下町・尼崎には色濃く残っているのです。

……ですが、そこにもやはり、今の「アマ」らしさは確実にあるのでした。寺町をぶらぶら歩いていると、その只中(ただなか)に突如、という感じで、民家の軒先をちょっと改造しただけのタコ焼き屋さんが出現しました。周り中、お寺だらけの中のタコ焼き屋さん。飴をたくさんいただいて口の中が甘かったせいもあり、また七個で百円（！）という価格にも惹かれて、つい購入。ふと見れば、店先のベンチに一人で座ってタコ焼きを食べている人は、まさに関西顔の、そして、

「どこにお住まいですか？」

と聞いたら確実に、

「アマですわ！」

と答えてくれそうな、あんちゃんなのです。

寺町を抜けると、そこは再び「頑張れ阪神タイガース」のムードが横溢(おういつ)する、商店街。町中にクッキリとしたコントラストがあるのが、いかにも歴史を持つ町らしくて、

「ああ、西にいるのだなぁ」

と、私は改めて思うのでした。

琴城ヒノデ阿免本舗
☎06-6411-0340
兵庫県尼崎市開明町1-36

奈良県　室生　草餅

考えてみたら高校の修学旅行以来だったのです、奈良に行くのは。

高校の修学旅行コースは、実によくある京都・奈良。その後、京都に行く機会はしばしばあれど、なぜか奈良には行かなかった。京都から電車に乗れば三十分で奈良には着くのだけれど、京都まで来てしまうと〝せっかくだからもっと京都が見たい！〟という気分になってしまい、奈良まで足をのばしかねていたのです。

奈良の記憶を、私はすっかりなくしていました。とりあえず京都から近鉄特急で到着した近鉄奈良駅の近くでウドンなど食べつつ、〝えーとえーと、奈良出身の有名人と言えば、明石家さんましか知らないなァ……〟などと考えていた。

奈良というのは、不思議な場所です。そこは今や、大阪や京都へ通う人達が住むベッドタウン。ですが、歴史的に見ればかつて平城京があった、いにしえの都。「斑鳩（いかるが）」だの「帯解（おびとけ）」だの「橿原（かしはら）神宮」だの、京都の地名よりさらにもう一つ古そうな地名だらけ。近鉄電車に乗っていると、たとえば東京の電車の窓からビルが見えるかのように、なにげなーく前方後円墳が見えたりする。

「おおっ、あれって古墳？」

と興奮しているのは私だけで、周囲の奈良人達は、古墳などに目もくれない。

「うーむ奈良、実に味わい深い……」

と、実は初めて古墳を見た私は思ったのです。

今回の目的地は、奈良と三重の県境に近い、室生寺です。が、室生寺へ行く前に、私は二駅離れた長谷寺にも寄ってみました。

近鉄線の桜井駅を過ぎて長谷寺駅が近付いてくると、あたりが急にのどかな風景に広がります。だんだん、山がちになってきました。

長谷寺も、実に古いお寺です。「枕草子」などの平安女流文学にも、はつせ（長谷寺のこと）参りについての記載がしばしばある。京都に住んでいた清少納言や紫式部にとって、長谷寺参詣はかなり楽しみなビッグイベントだったようなのです。私も、「あやかりたいあやかりたい」

と、長い回廊を登ってお参りしました。

次に向かう室生寺も、やはり女性に関係が深い場所です。近鉄の室生口大野駅を降りると、駅前はほとんど何もない枯れたムード。そこからバスで約三十分の山中に、室生寺はひっそりと建っていました。

なぜ室生寺が女性と関係が深いのかといえば、このお寺は古くから「女人高野」と言われているから。空海（弘法大師としてもお馴染みですね）が開いた真言宗の修行の場である高野山が、厳しく女人を禁制していたのに対し、同じ真言宗の室生寺は、女性の参詣を許していたのです。

女人高野という別名のせいか、室生寺はどこか柔らかな印象のある寺です。山の中なので高低差は激しく、上まで登るのは相当大変なのです。が、小体な五重の塔（一九九八年の台風で崩れたものの、境内の檜（ひのき）を使用して復元された）の存在感は上品で、可憐（かれん）な感じすらする。

さらに私は、五重の塔を過ぎて奥の院まで続く、長い長ーい石段を登りました。人は誰もいない。周囲は原生林。聞こえてくるのは、自分の荒い息だけ。ふと自分の存在が消えてなくなりそうな気持ちになる。

目を林の方に転じてみると、そこには野生の鹿さん達がいました。鹿達も突然の人間の出現にキョトンとしていましたが、この時私は、なぜか鹿と言葉が通じるような気がしたのです。

……と、天からは季節外れの、雪。ごく小さな雪片が、高い樹よりももっと高い場所から、ゆっくりゆっくりと、落ちてくる。その雪を見ている間、私の中を流れる時間は確実に、静止していたのでした。

「もりもと」は、室生寺門前にある、名物のよもぎ餅を売るお店です。弘法大師が修行に来た時に、よもぎを摘んでよもぎ餅を作ってあげたら、それ以来よもぎがよく生えるようになった……という話が残っていたことから、現在八十八歳（二〇〇二年当時）の森本松治郎さんが五十五年前に発案しました。

よもぎ餅は、今でも付近で摘んだよもぎを使用して作っています。春のよもぎが一番香りが良いということで、松治郎さんや奥さんのキヌエさんが一年分のよもぎを摘み、冷凍しておくのだそうです。

「色粉は一切、使わない」

と、草餅に誇りを持つ松治郎さんは、まずはあんこ無しのよもぎ餅を、ちぎって食べさせて下さいました。確かによもぎの香りが強く、その細い繊維も、見てとれる感じ。

中に入れるあんこは、こしあんです。

「よもぎ餅には、こしあんが合う」

という確固たる信念を、松治郎さんはお持ちなのです。

こしあんの上品な舌触りと、よもぎの素朴な香りは、実際よく合います。それは、山の中に建つ優美な室生寺の存在感と、図らずもよく似ている。

松治郎さんもキヌエさんもとても優しく、私は店の奥でお茶などいただきつつ、よもぎ餅をいくつも食べました。そのホスピタリティーは、都会では決して感じられないもの。室生寺という場所もそして室生の人々も、昔からたくさんの、そして様々な悩みを持つ「女人」達を優しく迎え入れてきたのだなぁと、思わせるのです。

バスの時間に間に合わなかった私は、帰りは駅まで、タクシーに乗りました。いかつい顔つきながらフレンドリーな運転手さんは、

「室生寺の一番上まで行ったの？　偉いねぇ。帰ったら必ず、いいことあるよ」

と、言ってくれた。たとえそれが気休めであっても、その優しさが心に沁みる。「女人」冥（みょう）利（り）に尽きる、奈良の旅なのです。

室生よもぎ餅本舗もりもと
☎0745-93-2026
奈良県宇陀市室生区室生1702

三重県　伊勢　赤福

会社員時代、一日に一個くらいは必ず、誰かの出張のお土産である地方銘菓が、机の上に配られていたものでした。仙台の萩の月、四国の一六タルト、ロイヤルのスイートポテトは福岡土産……と、毎日色々な人のお土産を食べているうちに、私はどんどん太っていった。

それはいいとして、中でも私が最も楽しみにしていたのは、伊勢の赤福でした。誰しも一度は食べたことがあるでしょう、白いお餅の上にこし餡がたっぷり載った、あのお菓子。

赤福は何せあのウェットな形状なので、萩の月やスイートポテトとは違い、会社で各自に一個ずつ配るのは困難なのではないか、と思われる方もいるでしょう。

が、私がいた部署ではそれでも無理矢理、赤福を配っていました。もちろん皿など使いませんから、メモ用紙の上に直接赤福を置き、受け取った方はメモ用紙ごと口に持っていき、ベローンと一口で食べる。喉につまりそうになりながらも、んぐんぐと飲み込む。……雑然としたオフィスでメモ用紙から味わう赤福は、実に甘美な味だったのでした。

赤福は、名古屋出張に行った人がよく買ってきてくれたものでした。確かに名古屋駅のいたる所で、赤福が売られているのを見ることができます。が、赤福の本拠地はもちろん、伊勢。伊勢神宮の内宮（伊勢神宮というのは、内宮と外宮という二つの正宮の他に、百以上の宮から成り立っている）のほど近く、おかげ横丁にその本店はあるのです。

甘党流れ旅をしていてつくづく感じるのは、日本のお菓子というのは、神社仏閣の類と決して切り離して考えることができない、ということ。古えより、お宮やお寺があればそこには人が集まり、人が集まればそこには茶店ができるのです。

遠くから参拝にやってきた人達は、疲れています。ですからお茶席で出されるような小さくて上品なお菓子は、門前の茶店には似合わない。ちゃんと甘くて腹もちも良い、お餅や団子の類が好まれるのです。その中でも総大将のような存在が、伊勢の赤福なのでしょう。

なにせ赤福の本店があるのは、伊勢神宮の門前です。伊勢神宮の内宮は、あの天照大神がおまつりされている、いわばザ・神社といった場所。餅の有り難さも、おのずと増そうというものでしょう。

実際、江戸時代に庶民に許された唯一の旅が、伊勢参りだったとされています。人々は、信心の名のもとに、旅をおおいに楽しんだ。約六十年に一度、特に「おかげ」がいただけるとされた有り難い年には、日本中が参宮ブームに沸き、日本の人口の六分の一が半年の間に伊勢参りをした、という事態にもなったらしい。

そして私も、伊勢に行きました。伊勢神宮は、人が少ない時間に行くことをお薦めします。今回、私は二度目の伊勢神宮だったのですが、初めて行った時は、大雨。しかし雨が巨木にあたる音を聴きながら歩んで正殿の前までたどりつき（中には入れない）、門にかかっている布が風でふわっとめくれて内部が一瞬見えた瞬間、確かに「神様がいる」という気分になったのです。まさにあれは幽玄という言葉がぴったりだった。

今回は、朝でした。かつて、参拝する人が必ず心身を清めたという五十鈴（いすず）川の御手洗場は新緑に包まれ、水は澄んでいる。どこまでも、静か。

正殿には、やはり入ることはできません。心の中で「日本の神様、こんにちは」とつぶやき、頭を下げる。

と、正殿前の小さな家に、テレビで見た陰陽師のような平安系装束に身を包んだ男性が一人、笏（しゃく）を持って静かに座っているではありませんか。一体何をしているのだ……という興味が抑え切れず、おそるおそる、

「何をしているのですか？」

とそのままの質問をしてみたところ、その方は神官で、

「二十四時間ずっと、交替で神様をお守りしているのです」

とのこと。そんな辺りにも、ただならぬ神社というムードが漂います。

お参りが終わったら、いよいよ赤福です。「赤福」では、一七〇七年から参拝者達にあんこのお餅を供し続けており、色々なお店が集まるおかげ横丁に、ひときわ堂々として古い店を構えています。

五十鈴川を裏手に見ながら、赤福三個と、お茶。作りたての赤福、淹れたての番茶は、実においしい。

しかし私はおそらく、赤福の本当のおいしさを理解していないような気もするのです。江戸時代にあった、六十年に一度の、おかげ参りブーム。当時の平均寿命は六十歳に達していなかったでしょうから、つまり彼等にとって伊勢参りは、一生に一度のことだったのです。

彼等にとっては赤福も、一生に一度の味でした。「最初で最後」と思って食べる赤福と同じおいしさを、名古屋から近鉄に一時間半乗って伊勢に着くことすら「遠い」などと思ってしまう今の私は、決して感じることはできません。ああ、江戸時代の人々はどんなにか、国にいる家族や友人に赤福を味わわせてあげたかっただろうか。

とはいえやっぱり、私にとっても赤福はおいしい。私は、一生に何度も、食べたい。「まぁ、交通機関も発達しちゃった今、しょうがないってことで……」と、思ってみます。

赤福は今、お土産となることによって、日本国中に伊勢神宮の「おかげ」を届けているのでしょう。確かに会社員時代、メモ用紙からベローンと食べる赤福の味は、疲れた心身に染みいる有り難さだった。東京に住む家族や友人に赤福を味わわせてあげることができる幸せをお伊勢さんに感謝しつつ、私は赤福を何箱も購入し、帰途についたのでした。……ま、ちょっと重かったのだけれど。

赤福本店
☎ 0596-22-2154
三重県伊勢市宇治中之切町 26

和歌山県　高野山　笹巻あんぷ

新大阪駅からＪＲ紀勢本線に乗って南下すると、途中から緑の量と力強さが、目に見えて変わってくるのでした。

今回の目的地は、和歌山です。関東の人間にとって、大阪から一手間かけなければ行くことができない和歌山県というのはかなり縁遠い場所。実は私も、生まれて初めて足を踏み入れるのです。車窓から見える木々のたくましさに、〝私は確かに、知らない土地に来ている〟という確信が深まってきます。

新大阪駅から、紀伊田辺駅まで約二時間。駅前には紀州らしく、梅干しのお店などが軒を連ねています。ここからバスで一時間半近く揺られ、今日は龍神温泉へ行くのです。今回の目的地の高野山へは大阪から直接行くこともできるけれど、和歌山といえば、何となく神秘的でディープな印象のある地。熊野古道が走る南の方から山の中を通って高野山に到着する方が雰囲気をより味わえるのではないかと思い、龍神温泉（という名前自体、神秘的！）に一泊することにしたのです。

龍神温泉へのバスは、ものすごい景色の中を通っていくのでした。岩のそそり立つ河原を抜けるとどんどん山に入っていき、ふと気がつけば周囲中、三百六十度が山。それも尋常でない連なり方で、人も建物もどこにも見えない。大海原の只中に浮かぶ一艘（そう）の船、という言い方があるけれど、大山原に浮かぶ一台のバス、という感じです。

そのバスの運転手さんは、とても優しい人なのでした。客の目指す場所がわからなければ教えてやり、トイレの心配もしてくれ、最後には路線バスだというのに、旅館の前に横付けしてくれる。

そうやって降り立った龍神温泉も、もちろんド山奥なのです。コンビニが無いのはもちろんであり、温泉（日本三大美人の湯の一つだそうです）に入った後は、することナシ。山のふところに抱かれるとはまさにこのことで、川のせせらぎを聞きながら、早々に眠りについたのでした。

翌朝は、雨。高野山行きのバスに乗り、龍神温泉を後にしました。景色はやっぱり、山また山。

護摩壇山の途中くらいから、バスは霧に包まれました。何も見えない乳白色の中を走って、ああ霧からやっと抜けた……と思ったら、そこが高野山。異次元空間へ来た、という感じです。

高野山とは、何か。これは皆さんもご存じ、弘法大師空海が八一六年に開いた信仰の山です。四国八十八箇所の札所を全て巡った人は、最後に高野山に来て弘法大師に報告とお礼をしておしまい、ということになるのだそうです。

甘党巡りをしていると、四国だの京都だの、空海にゆかりの場所が日本にはとても多いことに気付くわけですが、今回はいよいよ、まさにその総本山に来たと言ってもいいでしょう。

高野山は、一つの山全体が霊場になっており、たくさんの寺が広範囲にわたって立ち並んでいます。山の中には学校や役場、警察や公民館もあり、一つの宗教都市になっているのです。

まずは高野山でも最も奥にある、奥の院へ。歴史の教科書で見たことがある人々の立派なお墓が立ち並ぶ、日本史クロニクル的墓所の中を歩いて、最後に空海の御廟（ごびょう）に到着します。そぼ降る雨、ロウソクの火、高い木々。森閑とした空気の中で手を合わせていると、まさにここが聖地であるということが、身体（からだ）でわかるのです。

少し下って高野山の中心的存在のお寺である金剛峯寺へ向かうと、霧はそこまでやってきていたのでした。辺り一帯、白。このお寺では、中に入るとお茶のお接待をいただきつつ、お坊さんのお話もうかがうことができました。

「今日は霧で景色は何も見えないけれど、見えないものの中に、本当に大切なものはあるのです」

というお話に、物質的欲求にまみれた自分を、深く反省してみた私でございます。

それにしても霧に包まれた高野山は、この世なのかあの世なのか区別がつかなくなるほど、幻想的なのでした。景色は、何も見えない。霧の向こうから、おそらくは高野山で修行をしているのでしょう、若い雲水さん達が数人連れで歩いてくるのが、ふっと浮かび上がってくる。

高野山の名物、「笹巻あんぷ」を作る「麩善」というお店も、霧の中に静かに佇んでいたのでした。

笹巻あんぷとは、生麩の中にこし餡が入った麩まんじゅうを、熊笹の葉で包んだお菓子。お麩というのは、小麦粉のグルテン分でできた食品なので、生臭ものを使用することができない精進料理においてはよく使用される材料であり、麩善でも、笹巻あんぷや生麩を、高野山の各寺に納めているのだそうです。

店先で、さっそく笹巻あんぷをいただきました。笹の葉の香りが移った生麩と、上品なこし餡。まさに霊場、といった味わいです。こんな精進料理を食べてこの山に住んでいたら、身も心も清浄になるだろうなぁと、思えてくる。

笹巻あんぷをお土産にも購入し、バス停へと歩くと、ふと気がつけば周囲にいるのは雲水さんだらけなのでした。ある人は銀行へ行き、ある人は商店でお買い物。まさにここは、彼等の都。

帰りは、高野山からケーブルカーで下界に降り、さらに南海電車に乗って一路、大阪方面へ。とはいっても途中までは、まだまだ深い山の中です。下界では霧が晴れていましたが、電車の中から見える山々のところどころは、霧をちぎって置いたようになっている。

「日本の美というのは、つまるところ水蒸気の美である」

ということを、私の好きな作家である故・宮脇俊三さんがかつて書いていらっしゃいましたが、水蒸気の美とはまさにこのことを言うのです。雨の後の景色にこそ、日本の醍醐味はある。

南海電車の終着駅は、なんば。そこはもう、俗世中の俗世です。高野山で少しきれいになったような気がしていた私の心身も、一気に再び俗世色に戻る。東京に帰って、お土産の笹巻あんぷを食べる度に、高野山のあの清浄な空気を思い出すような気はした……、のですけれど。

麩善
☎ 0736-56-2537
和歌山県伊都郡高野町
高野山 712

和歌山県　加太　よもぎ餅

よもぎ餅。……それは、一年中のいつ食べても、私達に「春」の感覚を呼び起こさせてくれる食べものです。子供の頃、春の野原で遊び疲れてドタッと寝そべった時に感じた、地面からむうっと立ちのぼる草の息吹が、口の中によみがえってくる感じ。

和歌山県の加太は、質の良い鯛がとれることで知られる漁師町です。が、関西方面においては「加太のよもぎ餅」というのも、ひそかに有名らしい。漁師町におけるよもぎ餅、という取り合わせが何だか面白そうで、とあるうららかな春の日、加太を目指すことにしました。

加太は、和歌山と大阪の境近くに位置する、海沿いの町です。和歌山市駅から南海加太線に揺られているとやがて海が見えてきて、サーフボードを持った若者が途中下車したりしている。

小さな駅舎の加太駅につくと、そこはとても静かな場所だったのでした。春の花が風に揺られ、ベンチにはおじいさんがポッチリ座っている。途端に頭からアルファ波がたれ流しになっていくような、そんな感じ。

加太には、三月三日の流しびなで有名な、淡嶋神社があります。駅から神社へ向かおうと、旧淡嶋街道を歩きはじめました。

この道は、旧街道とはいってもせいぜい車一台分くらいの広さ、というか狭さなのです。淡嶋神社への参道の役割も果たしているわけですが、ほとんどお店もなく、のんびりと歩くことができる。

……と、左側によもぎ餅を売っている店が、一軒。とはいっても、大きな看板も呼び込みもなく、何気なくよもぎ餅を並べている、これまたのんびりした感じのお店です。

その「小嶋商店」にお邪魔してみると、ご主人は中でよもぎ餅作りをしていらっしゃったのでした。早速、一個百十円のよもぎ餅を、お茶とともに店先でいただきました。すると、よもぎの味がとにかく濃い！　春の野原の記憶がぼんやりと、どころではなくはっきりと、思い出されてきます。

「人が行かないような加太の山で、天然のよもぎの春の新芽をとってきてたっぷり使うから、味が濃いんですよね。こしあん入りとつぶあん入り、両方作っているけれどやっぱりつぶあんが人気」

と、奥さん。毎日お米を蒸してつくというお餅も、弾力があってとてもおいしい。

しかしなぜ、漁師町でよもぎ餅なのでしょうか。小嶋商店も、百年以上貝類を扱う店を営んでおり、途中からよもぎ餅を作るようになったのだそう。店先では今も貝が売られているのです。

「淡嶋神社のひな祭りの時に食べるひな餅、つまりひし餅の、よもぎ餅だけが残ったという話がありますね」

ということなのだそうですが、貝とよもぎ餅の共存も、この町においては自然な感じがします。

よもぎ餅を食べ終えると、

「甘いものが好きなら、淡嶋神社の境内にある茶店で、ところてんを食べるといいですよ。地元でとれた天草で作ったところてんに、黒蜜(くろみつ)がかけてある」

と、教えて下さいました。では早速、とおいとまして、淡嶋神社へ向かいます。

小嶋商店から淡嶋神社へは、徒歩ですぐ。入るとなるほど、左側に「魚市」という茶店がありました。中に入るとお客さんがいっぱいいるのですが、どうやらそれは観光の人ではなく、焼き魚の定食などを食べる地元の人のようです。

定食も、ものすごくおいしそう！　なのだけれど、私は我慢してところてんをお願いする。出てきたところてんは、プリプリと食感も良く、ほのかな磯の香と黒蜜が合っています。

「その辺にたくさん、天草が干してあったでしょう。あれで作るの」

と、お店のおばちゃんが教えてくれました。確かに、駅から歩いてくる道すがら、ところどころの路上に海藻が干してあったのですが、あれが天草だったのですね。

食べ終わって神社の本殿の方に向かうと、私はドギモを抜かれました。なんと境内は、あらゆる種類の人形で埋め尽くされているではありませんか。供養をしてもらうのでしょう、人形を持ち込む人もいます。中には髪が伸びるという人形もいるとかいないとか……なのですって。


神社でお参りを済ませ、港を散歩し、海苔（のり）ではなくワカメで巻いたお寿司を食べ、私はたっぷり加太を堪能しました。さて駅にでも戻るかと歩き出すと、気になってしょうがないのは、右に左に見えてくる、細ーい路地です。人ひとりがやっと通れるような路地がそこここにあり、そして私は、細い道を見ると、入らずにはいられないタチ。

私は、町の中をうろうろとさまよい歩き続けました。ふと気がつけば、誰かのおうちの裏庭だったり、猫（ねこ）とすれ違ったり、子供達と挨拶したり。

……とその時に、目の前にひょっこりと、「岸本」というお店が出てきました。何となくお菓子屋さんのような雰囲気なのだけれど、商品はあまりない。店の中では、おばあさんが三人くらいで盛んにおしゃべりをしている。

そっと店先まで行ってみると、そこには揚げパンらしきものが数個、置かれていました。どうやらこの店は、店先で揚げて売るという揚げパン専門店らしいのです。

一個八十円の揚げパンを購入し、再びぶらぶら歩きながらかじってみると、パンの中にはしっとりとしたあんこが。歩き疲れてきた身にはこれまたおいしい。

一見、派手さはないのだけれど、町のそこここに、ぽつりぽつりと面白い場所がある。加太というのは、そういうところです。最後に、駅までの道がわからずに弱っていたらおじいさんが、

「どこ行くの？」

と助けてくれて、無事に駅にも到着。今夜は大阪で、お好み焼きでも食べようかなぁ……っと。

小嶋商店
☎ 073-459-0336
和歌山県和歌山市加太
425

中国・四国

鳥取県　三朝　とち餅

温泉街の朝は、独特のもの寂しい空気が漂うものです。

お客さんを最寄りの駅まで送るマイクロバスや団体さんを乗せた観光バスが次々と温泉宿から出発し、女将や仲居さんが、笑顔で手を振って見送る。しかしバスが角を曲がって見えなくなると、彼女達の顔はスッと、笑顔から普段の表情へと戻り、また新しいお客さんを迎える準備をする為に、宿に入っていくのです。

夜の間は、温泉巡りをしたりスナックに飲みに行ったりする人が、浴衣に袢纏（はんてん）という姿でぞろぞろ歩いていたのに、朝になれば浴衣で歩く人はもういません。前日の夜遅くまでカラオケを歌っていたのがまるで嘘のように、朝早くからみんな私服に着替えて朝食を食べて、さっさとチェックアウト。全てが朝日に照らされて、飲み屋街の「ヌード」という看板も、何だか居心地が悪そうなのです。

そんな空気の中、私は朝の三朝温泉を歩いていました。三朝と書いて、「みささ」。この温泉に来て三回ほど朝を迎えれば、傷や痛みも癒えてしまう、ということからついた名前だとも言われています。

三朝温泉のシンボル的存在は、三徳川の河原にある、その名も「河原風呂」。前日の夜に到着した時は、何の囲いもない河原風呂に男性達が入っていたのを、橋の上から思わず眺めてしまった私ですが、さすがにこのさんさんと降りそそぐ朝日の中で河原風呂に入る勇気のある人は、いないようです。

なぜ私は、朝の三朝温泉を歩いているのか。……というと、とち餅を買う為、なのでした。三朝温泉は関西圏の人達にとっては馴染みの深い、八百年前からあるという由緒正しい温泉地なのですが、そこにはおいしいとち餅のお店があるらしい。そしてそのとち餅は、午前中には売り切れてしまうものだということで私は、朝の温泉街を少々急ぎ気味に歩いていたのです。

河原風呂がある三朝橋の隣にかかる恋谷橋のたもとに、とち餅の「松之屋」はありました。

一見、普通のお菓子屋さんなのですが、「とち餅」と「とち羊羹（ようかん）」の存在が、異彩を放つ。

ここではまず、「とち」とは何なのか、という問題が浮上してくることでしょう。「とち」の餅なのであろうことは推測されるけれど、私達はとちを常食する習慣を、既に持っていません。

とちは、栃とか橡と書くわけですが、フランス語ではマロニエ、ということになる。マロニエというと急にパリっぽい気分になってきますが、とちは日本の各地に自生している木なのです。とちの実はアクが強いものの独特の風味を持っており、日本においては昔からとち粥（がゆ）やとち餅などにして、食べられていた。

もちろんそこには、とちの実を混ぜることによってお米を節約するという目的があったことでしょう。不自由なくお米を食べることができる今だからこそ、苦労してアク抜きをしてまでとちを食用にする機会は、次第に減っていったものと思われます。

実は私も、とち餅を食べるのは初めてだったのでした。見た目は、茶色の大福という感じのとち餅を店先で頂戴してみると、これが実に香ばしくて美味（おい）しい。野趣あふれるとちの風味に対して、中身はこし餡（あん）。大きさや柔らかさも含めて、素朴すぎず上品すぎずというバランスのとれたお菓子になっているのです。

ご主人の山本さんにお話をうかがってみると、とち餅に使うとちの実は、近くの三徳山で秋に採れたものを使うのだそうです。アクを抜くのがまた大変で、木を切ってわざわざ焼いて作った灰で煮る。完全にアクが抜けるまでに何週間もかかる作業なのであり、今となってはそれは決して「素朴な味」などというものではない。

この地方では、餡を入れないとち餅も、よく食べられているのだそうです。確かに、このお餅をつけ焼きなんかにしても美味しそうだと、思わず想像してみる。ついでに言うと、鳥取ではお正月のお雑煮というと、東京で言うところのぜんざい、つまりつぶ餡でできた甘いものであることが多い。地味な印象ながらなかなかの甘党……という、鳥取なのです。

朝に食べる甘味は、身体を元気にさせるものです。とち餅で力を得た私は散策を続け、「株湯」というものを見つけました。ここは〝三朝温泉発見の湯〟なのだそうで、普通の住宅街の中の普通の民家の横側に男湯と女湯が付帯しているという、不思議なつくり。飲泉場もあって、犬の散歩の途中のおじさんが、ひしゃくに一杯の温泉をグイッとひっかけていったりしています。

さらに歩いていくとあらわれたのは、こぢんまりとした三朝神社でした。神社好きの私は誰もいない境内に入ってみたのですが、どこか普通の神社とは違います。どこが違うのか……と考えてみたら、わかりました。お参りをする前に手を洗う手水所(ちょうずどころ)から、湯気がたっているのです。

「これは、もしかして……」

と近寄ってみると、手水所に湛えられているのは、やっぱり温泉だったのでした。手を洗えば、ホカホカと温かい。飲むことも、できる。さすが温泉街の神社！　と感動し、温泉に浸して温かくなった手をパンパンと叩いて、

「とち餅、美味しかったです」

という、単なる報告のようなお祈りをしたのでした。

宿まで歩いて戻ると、既にほとんどのお客さんは帰った後でした。やっぱり少し寂しくはあるのだけれど、温泉街の朝の散歩は思いのほか美味しく、そして楽しかった。いつかまたこの温泉に来たら、宿の仲居さんの顔ぶれは変わっているかもしれないけれど、とち餅の風味と、神社の手水所からたつ湯気だけは、変わらないことでしょう。

松之屋
☎ 0858-43-0328
鳥取県東伯郡三朝町三
朝 608-3

島根県　松江　姫小袖

島根と言うと、

「行ったことなーい」

とか、

「鳥取と島根の区別がつかない」

とか、あろうことか、

「東北だっけ?」

などと言う人が出現するものです。

島根が位置する山陰地方は、確かに東京からは行きにくい場所。縁が薄い人も多いというのは理解できるのですが、しかし「出雲(いずも)大社」と聞くと皆、「行ったことある!」「行ってみたい！」と色めき立つのは、やはり出雲大社が縁結び系の神社として名高いからでありましょう。かく言う私も、もちろん出雲大社に行ったことがあるし、私の身の上を案じた周囲の人から、出雲大社のお守りなどもらったことも、一度ではありません。それどころか、やはり縁結び系の八重垣神社まで、雪を踏みしだいて行ってきたこともあるのです。

子宝系のご利益もある八重垣神社の前のお土産屋さんでは、陽物の形状をした子宝飴が売られており、思わずそれを友人達へのイヤゲ物として購入してしまった私。「こういうことばっかりしているから縁遠いのだろうなぁ」とは思いつつ、妙なものにはつい惹かれてしまう自分がいるのです。

しかし島根は、神社だけの土地ではありません。松江は、実は和菓子消費量が日本一、お茶の消費量も平均の五倍という、つまり相当な甘党都市なのでした。なぜ松江は、甘党都市となったのか。その謎を探るべく、松江へと飛んでみました。

天守閣が今も残る松江城とそのお堀、さらにはお堀から延びる水路が、松江の街には落ち着きを与えています。そんな街中で頻繁に見られるのが和菓子屋さんであり、店先を覗いてみると、お菓子にしばしば添えられていたのは、「不昧公好み」という文字。

不昧公というのは誰かというと、松江藩の七代目藩主の、松平治郷のこと。彼は、政治能力はともかく茶人としての才能に長けており、「不昧」という名はお茶の号なのでした。

　だからこそ松江では、今も茶道が非常に盛ん。和菓子も頻繁に食されているし、ちょっとしたお使いものとしても、和菓子がよく利用されるのだそうです。

　そんな松江でも最も長い歴史を持つ和菓子屋さんが、「一力堂」です。創業は宝暦年間と言いますから、今から二百五十年ほど前。

　そんな一力堂では、和菓子を実際に作る体験ができるのだそうです。甘党都市・松江にてお菓子作りとは魅力的……と、トライしてみることにしました。

　気軽に立ち寄ることができる一力堂の店構えですが、中に入ってショーケースを見ると、そこには古い入れ物が、飾ってあったのでした。見れば側面には大きな三ッ葉葵、つまり松平家の紋が描かれている。これは松平家御用達箱というもので、その昔、お城にお菓子を納める時に使用されたもの。葵の紋があるということは、それだけ重用されたことの証でしょう。

　店には、古文書も残っているのでした。「菓子方書」というタイトルの冊子は、おそらくは菓子担当の役所（というものがあったほど、松江藩にとって菓子は大切だったわけですねぇ）の、覚え書き。そこには百種類以上の菓子の名やその作り方が記されています。

「おそらくは、江戸で流行っている菓子を江戸屋敷の藩士達が書き留めて、松江に伝えたのでしょう。松江藩は江戸にも茶室を持っていましたし」

とは、店主の高見和雄さん、雅章さん親子。何でも中国地方で桜餅というと、道明寺粉を使用するタイプが多いのに、島根では東京の長命寺の桜もちと同様、クレープタイプの皮で餡を巻いたものなのだそう。

「それもきっと昔、江戸から情報を持ってきたからではないかと……」

と、さらにおっしゃる。

このお店にも、不昧公ゆかりの菓子は伝わります。「姫小袖」は、松平家が法事等で使用していたという、お留め菓子。和三盆糖の中に、小豆の皮を除いて練った皮むき餡を入れた、上品なお菓子です。不昧公好みの菓子は、他にも「山川」「若草」など、軽やかで派手すぎないものが多く、不昧公の味覚が、何となく想像できる。

不昧公のお話をじっくりうかがった後で、いよいよ和菓子作りが始まりました。教えて下さるのは、お父様の和雄さん、八十歳。三種類の上生菓子を作ったのですが、餡を丸めたり包んだりする手つきは、鮮やかです。うまくできないで私がオタオタしていると、

「最初からそんな巧くできちゃ、こちらが困っちゃうよ」

と、さり気なく助け船を出して下さる。

和菓子作りは粘土細工のようで、楽しいのです。少し形を変えたり、筋を入れたりするだけで、花になったり魚籠になったり。

しかしそれは、緊張を強いられる作業でもあります。「失敗したらどうしよう？」というプレッシャーに曝（さら）される機会が少ない身としては、思わず眉根に力が入ってしまう。そういえば不昧公の「不昧」とは、惑わされない、くらまされないといった意味があるそうですが、平常心で何かを作るというのは、いかに難しいことか……。

和菓子作りで普段使わない筋肉を使ったような気分になった私は、一力堂をおいとまして、松江城へと向かいました。すると城近くの茶店に、「ぼてぼて茶」というメニューを発見。泡立ったお茶らしいのですが、どんな味か想像がつきません。一杯、呼ばれてみることにしました。

すると運ばれてきたのは、カプチーノ状に泡立った番茶。横には、たくあんや高菜や季節の野菜等を千切りにしたもの、黒豆、餅米が薬味のように少量ずつ添えられており、それらをお茶の中に入れてかきまぜて喫する、というものらしい。

一口飲んでみると、それは「混ぜたな」という味わい。ですが、一力堂でたくさんお菓子を味わってきた舌がさっぱりする、不思議な味でもあるのです。

聞けば、このぼてぼて茶も、

「不昧公がお好みだったんですよ」

とのこと。大茶人・不昧公も、甘いものの後にはちょっとしょっぱいものを欲したのかと思うと、少し親しみが湧いてくるではありませんか。

味覚を通じて、江戸時代へとタイムスリップすることができる、松江。泡の下では様々なものが入り混じったぼてぼて茶は、島根という土地の複雑な味わいともまた、似ているような気がするのです。

一力堂　京店本店
☎ 0852-28-5300
島根県松江市末次本町53

岡山県　岡山市　きびだんご

関西からの帰りに、新幹線に乗っていた時のこと。近くに座っていたサラリーマンの会話が、私の耳に入ってきました。彼は岡山出張の帰りらしく、手にはきびだんごの包みを下げています。

「ウチの子供が『桃太郎のきびだんごが食べたい』って言うからさぁ、お土産」

と、缶ビールを飲みながら、彼は言う。

その時私は、なるほどねぇ……と思ったのでした。日本人なら誰しも知っている桃太郎、そのお話を小さな子供が読んだならば、

「きびだんごっていうものを、食べてみたい！」

と思うに違いないであろう、と。

確かに、子供の頃に読んだ童話や絵本に出てくる食べ物は、どれも皆、ものすごくおいしそうに思えたものでした。「ぐりとぐら」に出てきた〝かすてら〟とか、「ヘンゼルとグレーテル」の、〝お菓子の家〟。食べ物が出てくるページを開くのが、子供時代の私は楽しみでたまらなかった。

私も、「きびだんごというのは、どういう食べ物だろうか？」と、幼心に思ったことを、うっすらと憶（おぼ）えています。犬と猿と雉（きじ）が桃太郎からもらったきびだんごはどんな味がするのか、子供であれば興味津々というところでしょう。

結局私は、きびだんごというものを食べる経験もなく、大人になりました。そして新幹線の中で、

「ウチの子供が『桃太郎のきびだんごが食べたい』って言うからさぁ……」

という言葉を聞いてムラムラと、〝私も、食べてみたーい！〟と思ったのです。

勇躍赴いた岡山は、見事にスコーンと晴れていました。まさに日本晴れ、桃太郎生誕の地として、誠にふさわしい気候です。

岡山駅前には、犬・猿・雉を従えた、桃太郎の銅像が。ポストの上にも桃太郎。駅前から続くのは、桃太郎大通り。まさに桃太郎は、岡山における唯一無二の、キャラクターのようです。

ではなぜ、桃太郎と岡山は縁が深いのか。……というと、話はかなり昔に、さかのぼるらしい。

何でも四世紀頃、孝霊天皇の皇子である吉備津彦命(きびつひこのみこと)が、異国からきた温羅(うら)という鬼神を滅ぼすために現在の岡山にあたる吉備地方に派遣され、苦戦しつつも最後には見事に勝利を収めた。……という故事における、吉備津彦命がすなわち桃太郎であり、温羅が鬼、ということなのだそうです。

日本の子供達が親しむ「桃太郎」は、割と陽性のお話です。川に流れていた桃を拾って割ってみれば、中から出てきたのは珠(たま)のような男の子。可愛い動物達を従えて、鬼をあっという間に退治して、皆はいつまでも平和に暮らしましたとさ、めでたしめでたし……という。

が、モデルとなったといわれる吉備津彦命と温羅のお話は、実はけっこう、おどろおどろしいのです。吉備津彦命が放った矢が温羅の左目に命中し、ほとばしった血潮が、今も残る「血吸川」になった、とか。とうとう捕らえられた温羅の、はねられた首の肉を、吉備津彦命は部下の犬に食わせたけれど、骨となって地中にうめられた温羅の頭は、十三年間も唸(うな)り続けていた、とか。

そういえば、とも私は思うのでした。岡山は、桃とかマスカットとか、爽(さわ)やかなフルーツの産地として名高く、また「晴れの国」と言われるほどに日照時間の長い場所でもある。が、その輝くような太陽の光の影には、その光が眩いのとちょうど反対の、闇もある。

たとえば岡山出身のホラー作家、岩井志麻子さんの岡山を舞台にした小説「ぼっけえ、きょうてえ」が、どんなに恐かったか。そういえば横溝正史も岡山を舞台とした恐ーい作品を書いていましたっけ。

おそらくその手の恐さは、歴史の深さが醸成するものなのだと思います。明るい太陽の光で土地はカラリと乾いているように見えるし、岡山の人々もとてものんびりしている感じがするのだけれど、その奥底には、はかりしれない「何か」がある。岡山とは、そんな感じの場所。

桃太郎も、なぜ桃から生まれたのかとか、犬と猿と雉は何を意味するのかとか、鬼って本当は……？　と考えていくと、「桃太郎」も、本当はもっと色々な意味を湛えたお話のような気がしてきます。

岡山のお土産屋さんに行くと、実にたくさんの種類のきびだんごが売られています。私は、数あるきびだんごメーカーの中でも、江戸末期の安政三年、きびだんごを最初に売り出したという「廣榮堂」を訪ねました。

廣榮堂のきびだんごは、一つが五百円玉くらいの大きさ。昔読んだ絵本では、桃太郎は串にささっていただんごを犬達に渡していたような気がしますが、串にはささっていません。

このきびだんご、以前は、岡山でよく採れたという黍（きび）を主材料にしていたそうです（注文すれば、そのきびだんごも食べることはできる）。が、黍は日持ちがしないそうで、今は餅米、砂糖、水飴(あめ)を主材料に、香り付けに黍が使われています。

きびだんごの味は、シンプルで、素朴でした。お父さんがお土産として買ってきたこのきびだんごを食べて、日本全国の子供達が、桃太郎のように元気を出しているかと思うと微笑ましいのですが、既に大人の私も、何となく元気になったような気が、しないでもありません。

しかしシンプルで素朴なきびだんごの味の裏にも、「何か」があるような気がするのです。「桃太郎」を読んだ子供が、大人になってからふと、〝あの物語が意味するところは何だったのだろう〟と、考えるように。子供が食べるきびだんごと、大人になってから食べるきびだんごは、また違う味がするに違いない。

旅の終わり、私は吉備津彦命を祀(まつ)る、吉備津彦神社へと向かいました。神社特有の森閑とした空気の中でパンパンと柏手を打ち、何だか少し、強くなった気分に。……とはいっても、今となっては何を退治すればいいのか、イマイチよくわからないのですけれど。

廣榮堂　中納言本店
☎086-272-2268
岡山県岡山市中納言町
7-32

広島県　呉　メロンパン、あんパン

広島駅から乗ったJR呉線はとても景色の良い線で、瀬戸内海をのんびりと眺めているうちに、電車は進んでいくのでした。通過する駅のすぐ前は、海。海面が春の光を受けて、キラキラと光っています。

しかし呉の街が見えてくると、のどかな雰囲気はガラリと変わります。海沿いに見えるのは、たくさんの大型船、造船工場、幾本も屹立（きつりつ）する巨大なクレーン。一気に、鉄の世界となるのです。

呉は、その昔から軍港として栄えた地。そういえば以前、尾道で出会ったおじいさんが、

「わしゃー昔、呉で軍艦を造っとった……」

と言っていましたっけ。今も呉は、海上自衛隊の基地や造船工場がある船の街、なのです。

かつての海軍というのは、陸軍などと比べるととてもスマート、という印象があったのだそうです。独特のシーマンシップに加えて、規則などはイギリス海軍をお手本としていたため、ジェントルで洒落(しゃれ)た感じ。

海軍の街であった呉にも、何となくそのハイカラな空気というものが、残っているような気がするのです。海軍と甘味というのも似合わないような気はするけれど、この街にもきっと何か甘党の心を掴(つか)むものがあるに違いない。……そう思って、私は呉駅にて列車から降りたのでした。

呉でまず気になっていたものは、「メロンパン」でした。「メロンパン」という名前のパン屋さんが呉にはあって、そこのメロンパンやらあんパンやらはとても巨大で大人気。あっという間に売り切れてしまう幻のパンであるらしい。

「メロンパン」の出店は広島のデパートにも入っているそうなので、呉に行く前にそのデパートにも寄ってみたけれど、既に売り切れ。呉でも早速「メロンパン」本店へ行ってみたけれど、やはり売り切れた後で、閉店。

呉の人々に「メロンパン」のあんパンについて聞くと、

「もうね、とにかくあんこがぎっしり」

「女の子じゃ、一人で一個は食べられないね」

などと、何か畏敬(いけい)の念すら漂う口調で語ってくれるのです。

ああっ、そのあんパンを見てみたい。この手に載せてみたいっ。でもこの調子ではそれも無理なのでは……？　と悶々(もんもん)としつつアーケード街を歩いていると、何やら前方に、おいしそうなものが売られているのを発見しました。ごく狭い間口のお店に、人が群がっている。おばちゃんが一人で何かを揚げていて、もう一人のおばちゃんが次々とそれを売っているのです。

看板を見てみると、「フライケーキの店　福住」。ケーキのフライであるならば、甘いものに違いない。小さめのコロッケくらいの大きさのフライケーキを早速一個買って、路上でかじりついてみました。

……と、揚げたてのその物体は、言うなればあんドーナツ。生地はサクッと軽い歯ごたえで、中は上品なこし餡です。生地のアブラ味と、餡のあっさりした甘味とがよく合い、私はあっという間に平らげてしまった。

客層は、様々です。甘味などとは縁が無さそうなおじさんやおじいさんも、まとめ買いしていく。

「……じゃけん！」

で知られるコワモテの広島の男達がフライケーキに群がっているのを見ると、〝これから家族に持って帰るのかなぁ、それとも誰かへの手土産にするのかなぁ〃と想像が膨らみます。フライケーキを食べた後に乗ったタクシーの運転手さんも、

「『福住』のを食べたら、他のあんドーナツなんて食べられないよぅ！」

と嬉しそうに言っていました。軍港の男も、案外可愛いところがあるなァ……と思いつつ、夕食はやっぱり広島焼きでしょう、と店を探す私だったのです。


翌日。呉に来たからには、ということで、私は海上自衛隊の基地に行ってみることにしました。それというのも、基地の中では護衛艦の一般公開をしていると聞いたから。

基地に入って、バースまで歩くことしばし。グレイの船体（海上自衛隊の船は、どれもグレイに塗られています。この色が、海上においては最も目立ちにくいのだそうです）に「一二九」とナンバリングされている、護衛艦「やまゆき」を見せていただくのです。

何人かのグループに分かれた私達一般人を、「やまゆき」の乗員である海上自衛官が案内してくれます。軍事おたくらしき青年は二十ミリ高性能機関砲とかアスロックランチャー八連装、といった装備を生き生きとした表情で眺め、家族連れのおじさんは、

「これって一発いくらくらいするの？」

と値段のことについてばかり知りたがり、その両方についてあまり興味を持っていない私は、

〝やっぱり海の男はかっこいいにゃあ〟と、海上自衛官の制服姿をずっと眺めていた。

護衛艦の上では、本物のセーラー服&帽子を身につけた水兵さんが、働いています。セーラー服がドナルド・ダックに由来するものだと誤解している方がいるかもしれませんが、セーラー服って本来、こういうものなわけです。

呉の真髄を堪能した私はその後、何とか手を尽くして、やっと「メロンパン」のパンも、手に入れることができました。それにしてもそのパンの重さたるや！　あんパンはなんと三百グラムもあるし、メロンパンもそれより少し軽いくらい。これでもか、というくらい中身が詰まっており、とてもパンとは思えない重量感です。造船業の街・呉にふさわしい重厚長大さ。

パンの味は、素朴そのもので、昔ながらの無添加・手作り。いくら食べても食べおわらず、〝ああ、お腹いっぱいだぁ〟と吸う空気には潮の香りが混じる。港にもパンにも、昔ながらの男らしさが色濃く残る、呉の街です。

メロンパン
☎0823-21-1373
広島県呉市本通7-14-1

福住 フライケーキ
☎0823-25-4060
広島県呉市中通4-12-20

山口県　大島　塩あん餅

春の海ひねもすのたりのたりかな

……という句が、どうしたって頭に浮かんでくる、春の瀬戸内海。私は山口県の東部、瀬戸内海沿いに位置するＪＲ山陽本線大畠駅に立っていました。ホームのすぐ前は、瀬戸内海。そこに浮かぶ島々を見わたすことができます。

暖かな気候の時に海を見ていると、ついこの与謝蕪村（よさぶそん）の句が浮かんでくるわけですが、蕪村がこの句を詠んだのは、同じ瀬戸内海と言えどだいぶ東寄り、ほとんど大阪湾に入っている須磨の海を見ながら。しかしまぁ、だいたいこんな景色だったであろう……と、勝手に思ってみます。

瀬戸内海の風景は、日本の中でも独特のものです。内海特有のぺったりと穏やかな海面と、無数の島。私はこの海を見ていると、昔話の世界に入り込んだような気分になるのです。都から西国へと赴任する貴族の船とか、海賊を乗せた船が、今にも島陰から現れそうな感じがして。

ちなみに「ひねもすのたりのたりかな」、どういう意味かおわかりでしょうか。私も、「春の海は何となくのんびりしている」くらいの意味しか理解していなかったのですが、「ひねもす」は漢字で書くと「終日」。「のたりのたり」は、波がゆるーくうねること。一日中「のたりのたり」な海と、それを眺めている方の心情も一日中「のたりのたり」であると、まぁそんなところでしょう。

大畠駅における私の気持ちも、実に「のたりのたり」なのでした。良いお天気の中、海を眺めながら乗っていた山陽本線の中では居眠りしていたし、駅も静か。何だか、猫になったような気分です。

これから私は、すぐ目の前に見える周防大島へと向かうのです。大畠と周防大島は大島大橋でつながっており、島とはいえどバスですぐに渡ることができる。

周防大島というのは、瀬戸内海でも三番目の面積を持つ、名前の通りに大きな島です。何でも島の高齢化率は日本でも有数ということで、周防大島に行けば、高齢化が進んだ日本の未来の姿を知ることができる、とも言われています。

この島は、特に観光で有名な場所でもなく、近在の人が釣りや海水浴に来る程度。海辺では、広島から釣りに来たという男子達がはしゃいでいます。観光客向けのギラついた施設も無く、おっとりとした空気を持つ島なのです。

そんな島にある甘味は何かといえば、「餅」。島内の久賀町にある「川田餅本舗」で作っている塩あん餅というものを、私は是非、食べてみたかった。

塩あん餅とは何かというと、文字通り塩味のあんを入れた餅のことなのだそうですが、私にはどうもその味の想像がつかない。何はともあれ、とバスで久賀町へ向かいます。

バスは、空いていました。外を眺めると、おじいちゃんやおばあちゃんが、たまにぽつりと立っていたりする。右側には畑、左側には海という景色が続き、バスは久賀町に到着しました。

バスを降りても、町とか店とか、その手の雰囲気は全くないのでやや不安になりつつも、歩いているとごく普通の町並みの中にぽつりと、目指す川田餅本舗は佇(たたず)んでいました。

が、店舗には「工場におります」との札がかかっている。「下ノ畑ニ居リマス」の宮沢賢治っぽいな……と思いつつ、さらに一分ほど歩いて餅工場を訪ねました。

川田餅本舗は、餅一筋で創業六十年、島では昔から、祝いごとや法事の時には餅が欠かせず、今でも何かある毎に餅が登場するのだそうです。

昔は、正月は白い餅を、島で摘んだよもぎを使った草餅や黄色がかったキビ餅といった色がついた餅は旧正月に食べた、といった説明を奥様よりうかがっていると、ガラガラと引き戸を開けて、ご近所の人がやってきました。そして、

「退院したから、快気祝いに配る餅を……」

と注文していく。確かにこの島では、暮らしの中で餅が重要な役割を担っているようです。

塩あん餅の塩あんとは、小豆自体の甘味を引き出すために、砂糖の代わりに塩で小豆を煮たもの。砂糖が貴重だった時代には、日本の各地で作られており、その時代を知る人にとっては非常になつかしい味なのだそうです。

砂糖が貴重という記憶など、遠いものとなってしまった今、塩あん餅を作る店もなくなりました。ですから川田餅本舗には、全国から注文が届くのだそうです。もちろん餅の味自体も、キメ細やかでコシがあって、他にはないおいしさ。忙しい時は毎日二時（深夜です）に起床して餅を作る、その生真面目さが味にも表れるのでしょう。

色々な種類の餅（甘いあんの餅ももちろん売っている）を購入した私は、帰りのバスの中で早速、塩あん餅を食べてみました。一口目は、少し驚くのです。だって本当に、塩味だから。しかし二口、三口とよく味わうと、小豆の味が、次第にわかってくる。舌の味蕾（みらい）の奥の方で、わずかな甘味が、感じられる。それは子供の頃、海水浴をしていて、つい口から落としてしま

った飴玉を海水で洗ってもう一度口に含んだ……みたいな感じの、ほのぼのとした味。

周防大島にたくさんいるご老人達は、この味にどんな思いを、抱くのでしょうか。貧しかった、けれど何となく楽しかったような気分を、塩あん餅の中に見るのではないか。

周防大島の家庭では、ご飯をほうじ茶で炊いた茶がゆがよく作られており、それが長寿の秘訣とも言われているのだそうです。対岸の柳井の町で、その茶がゆを食べさせてくれるお店を見つけて、私も食べてみました。

茶がゆは、実にあっさりした健康的な味。隣のテーブルでは、地元の方とおぼしき老婦人が二人、

「なつかしい味！」

と言いながら、茶がゆを食べています。

「なつかしいついでに、塩あん餅もどうですか？」

とつい勧めそうになりつつ、何となく自分も長生きしてしまいそうな気分になった私。やはり今回は、最後までのたりのたり、です。

川田餅 本舗
☎08207-2-0505
山口県大島郡久賀町新開5415-2

徳島県　板野　和三盆糖

私は子供の頃から、とある老舗和菓子店の落雁(らくがん)が、大好きだったのです。薄い和紙の包みを解き、小さな落雁を舌に載せると、少し冷たいような感触がするとともに、ほろほろとほどけていく。その甘さは、とても透明感の強いものなのだけれどカドが全く無くて、私はいちいち、その甘さに陶然と……と言うよりは「糖然と」していたのです。

そのお菓子は、和三盆糖という特別なお砂糖でできているのだ、ということは親から聞いていました。それがどのようなものかは全く知らなかったけれど、和三盆糖という名前に、憧憬(しょうけい)の心を抱き続けてはきたのです。

大人になって私は、和三盆糖が四国で作られているということや、高級な和菓子にのみ使われるものであるということを知るようになりました。そして私は思ったのです。子供の頃から私を魅了し続けた和三盆糖がどのようにできるのか、この日で是非、見てみたい……！　と。

その日、たまたま関西にいた私は、バスに乗って四国に入ったのでした。兵庫県の三宮駅から出る高速バスは、明石海峡大橋を通って、淡路島へと進みます。淡路島って結構大きいんだナー、などと思いつつ風景を眺めているうちに、バスは大鳴門橋へ。窓の両側に見える冬の瀬戸内海は、美しい色をしています。そして大鳴門橋を渡り切れば、徳島県。飛行機とは違って、〝海を渡ってきたのだな〟という実感を、得ることができる。

目指す「岡田製糖所」は、徳島市の近郊、上板町にあるのでした。そこは吉野川と讃岐山脈に挟まれた肥沃(ひよく)な土地であり、柿や藍(あい)などの産地としても有名です。

かやぶきの立派な屋根の古い母屋を持つ、岡田製糖所。まずは早速、和三盆糖作りの工程を見せていただきました。砂糖は砂糖きびから作るものなわけですが、和三盆糖は、竹糖という種類の砂糖きびが原料となっています。竹糖は、沖縄などの砂糖きびより細く、アクが少なくてきめの細かい砂糖が採れるもの。上板町の近郊の農家でしか、栽培をしていません。そういえば岡田製糖所への道程を歩いている時も、竹糖を荷台にいっぱい積んだトラックが、追い越していきましたっけ。竹糖の収穫が十二月に行なわれるので、冬は和三盆糖作りの最盛期なのです。

収穫された竹糖をまずは搾ったら、それを煮て、浮かび上がってきたアクを、木製の大きなヒシャクのようなものでたんねんにすくいます。工場の中には甘ーい香りの蒸気が立ちこめていて、居るだけで幸せな気分になります。

残ったアクや不純物もさらに除いてから木の樽で冷まし、それを素焼きのカメに入れて完全に冷えたものが、「白下糖」。和三盆糖作りで最も難しいのはこの冷却のしかた、つまり砂糖の結晶の作り方なのだそうで、昔ながらの素焼きのカメでないと、うまくできないのです。

白下糖はまだ少し茶色っぽい色ですが、少し舐めさせていただくと、これはまたコクがあっておいしい。この白下糖と一緒にお餅をつくと非常においしいのだそうで、うーむそれも食べてみたい！　と切に思います。

白下糖の精製がまた、和三盆糖作りのハイライトとも言うべき作業です。この作業を「研ぐ」というのですが、研ぎを行なう場所はまた別棟になっています。古い木造の建物に入ると、そこには機械類は一切無く、昔ながらの方法で作業がなされているのでした。

まずは白下糖から蜜を抜くのですが、丸太の端に石が結び付けられている器具を使用し、テコの原理で一日、重しをかける。その後、製法人と呼ばれる熟練の職人さんが、手水をつけながら台の上で練る、つまり研いでいくと、まるでつきたてのお餅のような粘りが出てきます。

ちなみに昔、お盆の上で砂糖を三回研いだということが、和三盆という名前の由来なのだそうです。

しかし今、研ぎは三回では終わりません。研いだものにさらに重しをかけて一日おき、さらに研ぎ……という作業を五日間くり返していくうちに、次第に白く精製されていくのです。何という手のかかる作業なのか！

研ぎの作業場から失礼した後、完成品の和三盆糖を食べさせていただきました。粉糖の状態のものは、舌に載せると同時に、限りなく上品な甘さだけを残して、溶けてなくなっていく。他の粉類は一切入れず、和三盆糖のみで作られている落雁は、贅沢（ぜいたく）な甘味を味わわせてくれる。

ずっとにこやかに、まるで和三盆糖のように優しく案内をして下さった岡田製糖所のご主人にうかがってみると、岡田製糖所の和三盆糖は、京都や金沢、そして東京等の老舗（しにせ）和菓子店に納入されるとのこと。私が子供の頃からずっと好きだった落雁も、ここで作られた和三盆糖を使用しているというではありませんか。そのお話を聞いて、私はなにか故郷を訪ねたような気分になりました。

岡田製糖所のすぐ隣には、「技の館」という町の施設があります。そこで和三盆アイスクリームをいただきつつ、

「あのぉ、やっぱり阿波踊りなんかは、なさるわけでしょうか？」

などとベタな質問をしてみると、

「阿波踊りの時期はねぇ、僕はずっと店番なんです。ま、徳島の人がみんな阿波踊りを踊るわけじゃないんですよねぇ、ふふふ」

と、ご主人。

砂糖きびにしても、柿や金時芋にしても、この辺りの土壌は、甘ーい作物を栽培するのにとても適しているのだそうです。確かに、岡田製糖所の方々を見ていると、上板町の暖かな日差しとのんびりとした空気が、人も穏やかに、ほんのりと甘くさせていくような気がしてくる。老舗の和菓子の洗練された味が、この場所で生真面目に手作りされている和三盆糖に支えられているということで、和菓子の故郷は、実はここにあるのです。

岡田製糖所
☎ 088-694-2020
徳島県板野郡上板町泉谷

香川県　坂出　ところてん

うどんをすすっている時の讃岐の男は、素敵です。片手でガッシリと丼を掴み、うどんを、食べると言うよりはほとんど呑む。ものの二分ほどで一杯のうどんを食べ終わり、風のように店を出ていくその後ろ姿に、旅の女（＝私）は、思わず惚(ほ)れそうになるわけです。

　このように讃岐の旅は、うどんから始まったのでした。あえて小腹を空かせておいた私は、高松市内に到着してすぐ、うどん屋さんに入ったのです。その店には、

「ご自由にお持ちください」

と、茹(ゆ)でたうどんがビニール袋に入っておいてありました。茹でてから少し時間が経ったものはもう使わないので……ということらしいのですが、その豪気さと讃岐の男のうどんの食べっぷりに、私は思わずクラッときた。

街を歩いていても、うどん屋さんの看板がそこここにあります。「いつか、うどん風呂（念のため注：この世にそんなものはありません）に入ってみたい！」と思うほどうどん好きの私としては、夢のような土地。

とはいえ私の目的はうどんではなく、甘味。讃岐と言えばうどん、なわけですが、四国と言えばお遍路さん。今回は、四国八十八ヵ所巡りをするお遍路さん達が立ち寄り続けてきた、ところてん屋さんが目的の地です。

八十八ヵ所巡りとは何かというと、「弘法も筆の誤り」という言葉で皆さんもご存じであろう、弘法大師空海ゆかりの八十八ヵ所の霊場を訪ねる旅のこと。白い装束で札所巡りをする人のことを、お遍路さんと言うのです。

遍路の旅は、第一番の札所がある徳島県から始まります。次が高知県、愛媛県ときて、最後の第八十八番札所があるのは香川県ということで、四国を時計回りに歩くのです。これを逆回りしてしまうと……というお話が、坂東眞砂子さんの「死国」であったことをご記憶の方も多いでしょう。

目指すところてん屋さんがあるのは、第七十九番札所、天皇寺の近く。高松駅からＪＲ予讃線に乗り、八十場駅で下車します。

まずはもちろん、天皇寺へと向かいました。実は私、四国八十八ヵ所のお寺に行くのは初めて。天皇寺はさほど大きなお寺ではありませんが、その敷地に足を踏み入れると、何か「違う！」という感じがするのでした。それもそのはず、声を合わせて読経する人々は皆、白い装束姿。地元のかたとおぼしきおばあさんも、熱心にお参りしています。つまり本気と書いてマジ、という感じ。

ここで私は、近所にお住まいだというおじいさんに、声をかけられました。

「若いのに偉いねぇ。もうすぐゴールだ、頑張りなさい」

と。

最初は意味がわからなかったのですが、そのおじいさんは私のことを、お遍路さんだと思ったらしい。確かにここは七十九番札所なので、ちゃんとお遍路している人にとっては「もうすぐゴール」なわけです。いきなり七十九番札所に来てしまった上に、

「あはは、そうですねぇ」

などと何となく答えてしまった私を、どうぞ弘法大師様、お許しください……。

お参りを終えて向かった「清水屋」さんは、二百年前から、お遍路さん達にところてんを供し続けているお店です。メニューは、目の前に湧いている八十場の泉の水で作られるところて

んのみ。酢じょうゆで食べるか、黒蜜ときなこで食べるか、または三杯酢で食べることもできます。夏場は朝の五時から炊き始めるというこのところてんはブリブリとした舌触りで、冷たく喉（のど）を通っていきます。大変な思いをして歩き続けてきた昔のお遍路さん（今は、車で回る人が多いそうです）にとっては、嬉しい味だったに違いありません。

お店のおばあさんも、ご主人も、

「どちらから？」

と声をかけてくださり、お遍路さんやところてんについての話をうかがうことができました。讃岐に来て以来、「どちらから？」と聞かれる頻度がとても高いのですが、それはおそらく、遍路で訪れる旅人をもてなすことが当たり前、というお土地柄だからなのでしょう。

そういえばこの辺には、今時珍しく、のら犬が歩いているのでした。フラフラ歩いている犬がいようものならすぐに保健所に通報されてしまう昨今ですが、この辺りでは、のどかな顔つきをしたタレ耳の犬が数匹、泉の辺りを歩いたり、空き地で日向ぼっこしたりしていた。犬達も、「この辺の人達は、優しい」ということをどうやら知っているようなのです。

ところてんを食べ終わると、昼時。〝やっぱり、うどん……〟という気分に、またなってしまいました。うどん屋さんを目指して歩いていると、春の風はまだ冷たく、肌を刺します。歩いて四国を一周するという〝歩き遍路〟がどれほどの難行か、それだけでも想像できる。

が、しかし。〝いつか歩いて八十八ヵ所を巡ってみたい！〟という気分が、私の中に何やらむくむくと湧いてきてしまったのです。おそらくは歩いた人にしかわからない、そして言葉では説明できないようなことが、歩き通したらわかるような気がしてならない。

隣の駅にあるうどん屋さんまで歩くことも断念し、途中で通りかかったタクシーに乗ってしまった私。そんな精神力の弱い私が、八十八ヵ所巡りなどできるのか、とんと自信は無いのです。が、一軒でうどんを平らげたあと、

「まだまだイケル！」

とさらに遠くのうどん屋さんを目指してしまった自分を見ると、うどん巡礼はできるらしい。とりあえずうどん巡礼をすることによって、いつか実行するであろう八十八ヵ所巡礼への英気を養おう……と、勝手に張り切ってみるのでした。

清水屋
☎0877-46-1505
香川県坂出市西庄町
759-1

愛媛県　松山　氷スイカ

初めて松山に来た時のことを、私はよく憶えています。新入社員時代の出張において、生まれて初めて踏んだ四国の地が、松山でした。

松山市の中心部には、ごく自然な感じで松山城がありました。お堀の水と街の雰囲気が明るくのんびりとしていて、

「この場所、好き！」

と直感的に思ったのです。

松山は、その時以来です。もしかして変わってしまっているのではないかしら……というちょっとした不安を持ちつつ空港からバスで松山市内に入ると、しかし松山はやっぱり、松山だったのでした。お堀には豊かに水が湛えられ、陽光はまぶしく、人は優しい。昔の友達に会っ

たら、以前と同じように明るくて全く老けてもいなかった時の嬉しさ、のようなものを感じます。

松山はまた、便利にまとまっている街でもあります。空港は近く、「坊っちゃん」で有名な道後温泉も、伊予鉄の市電で二十分足らずで行ける。

「だったらやっぱり……ねぇ」

と、道後温泉に宿をとりました。

道後温泉の宿に着くと、部屋には「坊っちゃん」の文庫本が備え付けてありました。昔、読んだことがあるような気はするけれどストーリーは忘れてしまっていた私は、ふむふむ、坊っちゃんっていうのはまだ二十三歳だったわけか……と、思わずその本を読みふけりました。それは、痛快でありながらもほの哀しい青春譚(たん)。

夜になってから出かけたのは、坊っちゃんも好きだった道後温泉本館です。中学の先生である坊っちゃんが、「温泉で団子を食べていた」と、生徒にさんざからかわれるという、あそこ。美肌系のお湯の気持ち良さもさることながら、道後温泉の醍醐味(だいごみ)は、その後の休憩にあります。三階の個室では、坊っちゃん団子を食べながらゆっくり休むことができる。風通しの良い二階の大広間で、外を眺めながらゴロゴロするのもまた、気持ちが良い。浴衣と畳の相性の良じゅうぶんにリラックスできるのです。

　その気持ち良さに魅了され、翌日はもう一回、道後温泉本館に立ち寄ってから、私は伊予鉄に揺られて松山市内へ。太陽は照りつけ、気温は上昇しており、「そうこなくっちゃあ」と、私は思う。なぜならば今回お邪魔する「あたりや」は、かき氷、それも「氷スイカ」が名物のお店。そうきたら、やはりカーッと晴れた日にこそ、食べたいではありませんか。

　そもそも戦後、野菜を売るお店として誕生したのが、あたりやです。

「みんなにおいしいスイカを食べさせてあげたい」

という思いを持った初代がスイカに熱を入れ、次第にアイスキャンデーやかき氷をも売るようになって、今のような甘味店となったのだそうです。元は八百屋さんという甘味店は非常に珍しいのではないでしょうか。

　今もあたりやは甘味店とはいえ軸足はスイカにあり、一切れでも丸のままでも、スイカをテイクアウトすることができる。普通より少し高めではあるけれど、それは確実においしいスイカ。買ったスイカがまずかった時のガッカリ感を思えば、納得できようというものです。

　おいしいスイカを全国から集めるため、雨が多い年はとても苦労をするのだそうです。スイカシーズンは猛烈に忙しいので、冬は一ヶ月くらいお店はお休みになるという、ここはまさしくスイカの専門店なのです。

で、氷スイカとはどのようなものか。わくわくしながら待っていると、テーブルに運ばれてきたお皿の巨大さに、まずびっくり。たとえて言うなら、カレーの大盛りくらい氷が盛ってあり、そこにスイカの切り身がたくさん載っている。

スイカからいただくと、さすがに甘くてみずみずしくて、おいしいのです。シロップがかかった氷との相性も、良い。

「ねっ、おいしいでしょう。良いスイカを探すのは本当に難しくて……」

とおっしゃるのは、初代の孫にあたる山﨑美智子さん。スイカに対する深い愛が、言葉の端々から感じられます。さらに、

「これで溶けたところを飲んでみて。またおいしいんだから！」

と、ストローを渡されて飲んでみるとなるほど、また違う味わいを楽しむことができる。

氷スイカの他にも色々なメニューがこのお店にはありますが、各種のかき氷シロップも、あんこも、全て手作りとのこと。つい何種類も味見をさせていただいて、私の身体はすっかり冷えました。

周囲を見回してみると、客層は老若男女様々です。お母さんに連れられた子供達。営業の途

中らしきサラリーマンが、一人で氷スイカを食べていたりもする。また坊主頭の男子高校生達には、

「野球部？　何高？　がんばってね！」

と、山﨑さんが声をかける。

あたりやのスイカは、松山の人達にとっての夏の味なのです。外に面したあたりやのショーケースにスイカが並ぶのを見て、

「ああ、夏が来たのだなぁ」

と、松山の人達は思うに違いない。

そして私は、「がんばっていきまっしょい」を思い出したのでした。田中麗奈が主演のこの映画は、松山の名門高校における弱小女子ボート部において、〝一生懸命になる〟ことに少女達が次第に目覚めていくというストーリーです。学生時代にスポーツをしていた私としては、少女達の健気さに胸打たれ、映画館で号泣したわけですが。

松山というのは、ちょっと古くさいくらいの「若人」が、とても似合う街なのです。田中麗奈達女子ボート部員が、このお店で氷スイカを食べていたら、さぞかししっくりくるだろうなぁ。……そんなことを思いながら私は、氷スイカが溶けたところを、チューチュー飲んでいたのでした。

あたりや
☎ 089-921-3741
愛媛県松山市千舟町１-2-12 あたりや１階

高知県　高知市　芋天

その日、台風一過の高知は、スコーンと抜けたような青空に覆われていました。東京から四国へ行くといつも、四国独特の「抜け」感を覚える私ですが、その日はいつにも増してその感じが強かった。ただ街中に佇んでいるだけでも、

「気持ちイイ……」

と、陶然としてきます。

高知に降り立ったのは、日曜日。そして日曜日といえば、高知市の日曜市に行かずばなるまい。この日曜市、名前は普通ですが、実際に行ってみるとビックリするのです。とにかく、規模が大きい。高知城の追手門前から一キロ以上にわたって、六百軒余の出店が延々と続いているのですから（ただし日曜に高知に行けない人も、ガッカリするには及びません。月曜以外の

火曜から土曜も、市内の各所で市は開かれているので！）。

日曜市では、売っているものも様々です。地場でとれた野菜、手作りの寿司やお菓子、漬物に海産物に骨董（こっとう）に植木……。売っているのは、しっかりと日焼けしたおじちゃんやおばちゃん達。売り込みが激しいわけでもないので、のんびりと見物することができるのです。

日曜市で私がお目当てにしていたものは、「芋天」です。名前の通りの芋の天ぷら、らしいのですが、高知市民にとってそれはおかずではなく、おやつ的な存在らしい。日曜市でこの芋天を売っているのは一軒だけだそうなので、見逃さないように歩いていくと……、ありました。テントの下で、次々と芋を揚げているお店、「大平商店」が。揚げたての芋天やイカ天が、次から次へと売れていきます。

さっそく芋天を一袋、買いました。袋売りの場合は、ナゲット状の芋天が五個入って二百五十円。一つかじってみれば、それは確かにおやつ味！　天ぷらではあるのですが、衣が普通の天ぷらのものではなく、フリッターのような、ホットケーキのような感じ。中身の薩摩（さつま）芋は、クリーミィな甘さです。外側サックリ、中身がトロリという、日本人が好む黄金の食感となっているのは、砂地で採れる甘味の強い芋を使用しているから。

それは、決してライトな食べ物ではありません。が、朝イチの飛行機で高知まで来て相当お腹が空いていた私は、アブラで汚れた指をジーンズになすりつけつつ、「おいじーい！」とぱくぱく食べてしまった。

さらには、高知名物「アイスクリン」（アイスクリームとシャーベットのハーフみたいな感じ）も食べたし、おばちゃん手作りの大福や柏餅や「ほしか」（芋粉のまんじゅう）も買ったし、芋けんぴ（薩摩芋を揚げて砂糖をまぶしたもの）も味見したし。芋モノが多いのは、さすがに芋どころの高知ならでは。一キロ歩くうちに、すっかり甘党っ腹になったのでした。

実際、高知の人はかなり甘いもの好きらしいのです。芋けんぴをつまみにお酒を飲んだりもするそうですし、高知西部では、トーストに砂糖が添えられたり、料理にも砂糖が多用されるといった甘口愛好の気もある。今までの「甘党」の旅の中でも、「男が男らしい地域」というのは意外に男も甘党、という印象が強いので、高知もまさにその通りであるなぁ、と思われた次第です。

そして高知の男、と言えばもちろん坂本龍馬でしょう。日曜市を見た後に近くで鰹（かつお）のたたき定食を食べ（まだ食べてる）、それからバスで桂浜へ向かったのですが、太平洋を見渡すように立っていたあの有名な龍馬像は、シンガポールのマーライオンが思っていたよりずっと小さいのとは反対に、思っていたよりずっと大きかった。それは高知の人達が、と言うよりは日本の人達がいかに龍馬を愛しているかがよくわかる大きさ。龍馬がこのスカッとした高知で生まれたということも、理解できようというものです。

が、ガチガチに男っぽいだけではないところが、高知の面白さでもあります。たとえば、「よさこい祭り」を見よ。鳴子という道具を持っていさえすれば、衣装も踊りも音楽も自由というこの祭りは、北海道に移植されて「よさこいソーラン」になったりして、自在に形を変えています。

さらに高知は、実はマンガの街でもあるのです。やなせたかしさんや横山隆一さん他、著名なマンガ家を輩出しているということで、まんが甲子園というイベントが催されたり、アンパンマンミュージアムがあったり。また高知と高知南部の奈半利を結ぶ土佐くろしお鉄道に私は乗ってみたのですが、全ての駅には、やなせたかしさんが描いた〝駅キャラ〟(ｅｘ：鰻が有名な吉川駅は「よしかわうなお君」、ちんどん屋さんのコンクールが開かれる野市駅は「のいちんどんまん」！)が配されているという凝りよう。それはまさに、坂本龍馬が追い求めた「自由！」な感じ。

高知市内のホテルに泊まった私は翌朝、モーニングコールで目が醒めました。そこで腰が砕けそうになったのは、受話器から聞こえてきたのが、

「わしゃー坂本龍馬じゃが、早う起きんと日本の夜明けに間に合わんぜよ！」

という声だったこと。それは大変、日本の夜明けには是非間に合いたいものだ……と、急いで起きる気にもなろうというものです。

龍馬の声で起きた私は、高知駅から土讃線の特急「南風」に乗ろうとしました。そこでさらに驚いたのは、その「南風」は、車両全体にアンパンマンやらメロンパンナちゃんやらが描かれている、アンパンマン列車だったこと。

土讃線からは、山の景色を楽しむことができます。が、山の上の方まで段々畑と人家とがあるのを見ると、昔の人の生活の厳しさ、苦しさの一端を見るような気もする。ああ、そんな山間をアンパンマン列車がのどかに走る、今。なんだかんだ言いながらも、結構私達は平和に暮らしているのではなかろうか。今の私よりもずっと若くして死んだ龍馬さんよ、日本の夜明けに、果たして私は間に合っているのでしょうか……?

日曜市
高知県高知市追手筋

九州・沖縄

福岡県　甘木　葛餅

小京都と称される場所を、あまり信用せずにいたのです。寺とか神社が少しあって、昔の町並みが保存されている地域が一ヶ所か二ヶ所ある。その程度のショボい場所、小京都という名に釣られて行ってもガッカリすることが多い場所……という印象が、今まではあった。

しかし福岡県は甘木市の秋月という場所へ行ってみて、私のそんな小京都観は覆されました。町を歩くにつれ、〝何だか意外なほどに、イイ！〟と思えてくる場所だったのです、そこは。

秋月へは、葛(くず)を求めて行ってきました。ＪＲ鹿児島本線の基山という駅から、甘木鉄道・略して「甘鉄」（なんて甘党向きな鉄道！）、にて約三十分ほどののどかな田園風景の中を走って、終点甘木駅に到着です。

目指す「廣久葛本舗（ひろきゅうくずほんぽ）」へ向かう道すがら目に入るのは、町のそこここを流れる清らかな水と野の花、落ち着いた家並み。それはどこかイギリスのコッツウォルズ地方を彷彿（ほうふつ）とさせるような、よく手入れの行き届いた〝里〟の風景です。

到着した廣久葛本舗は、創業が文政二年。江戸時代からの古い建物です。喫茶スペースに立つ柱には、「百姓一揆の時にナタでつけられた傷」が何気なく、残っていたりする。が、その佇（たたず）まいには「老舗（しにせ）！」という物々しさはなく、「いや、ご先祖がやっていたことをただ続けているだけです」という自然な感じが、漂っているのでした。

代々「高木久助」の名を継ぐ当主は現在十代目。私は早速葛餅をいただきつつ、十代目夫人の高木良子さんにお話をうかがうことにしました。

目の前に運ばれてきた葛餅が、お皿の柄が見えてしまうのではないかというほどの透明感を持っていることに、私はまずびっくり。その辺で売っている葛餅の、灰色がかったくすみを持つコンニャクのような存在感とは全く異なるのです。

聞けば、多くの葛餅というのは今や、小麦粉など雑多な穀物からとりだした澱粉（でんぷん）で作っているとのこと。しかし廣久の葛餅は、天然の葛粉百パーセントと、秋月にふんだんに流れる古処山からの湧き水と、砂糖のみで作っている。

　そういえば、と私は思い出しました。駅の構内なんかで売っているのは「くず餅」と書いてあったような気がする。あれはあくまで「くず餅」であって、「葛餅」では、なかったのです。

　では葛とは、何なのか。……といえば、これは寒根葛という木の根に含まれる澱粉のこと。根を掘り、粉砕し、洗って澱粉を沈殿させる。さらに水でさらして不純物を取りのぞくという作業を十回ほど繰り返して自然乾燥し、やっと天然の葛粉ができあがるのです。根を掘ってから葛粉になるまでが約半年という、手のかかりよう。

　高木良子さんも、

「原料をとるのが一番大変で。本当はやめたいような商売だけれど、でも信用が第一、百パーセント本物でがんばらんといけんから……」

　とおっしゃいます。旧黒田藩のお膝元だけあってその口調はあくまで柔らかなのですが、古いお商売をそのままに守るには、さぞやご苦労があるのだと思う。

　そして私は、廣久の葛餅を食べることによって、生まれて初めて葛の味と食感というものを、知ったのでした。見た目と同じように味にも透明感があり、粘りは強いものの喉(のど)ごしが良い。そして最後に、そこはかとない苦味が口に残る。

「本葛はね、少し苦いんですよ」

と、良子さん。

「あっ、そういえば、だって葛根湯……！」

と、私は風邪をひいた時にのむ漢方薬の葛根湯のことを思い出しました。確かにあれは、すごーく苦い。そして葛の根をとことん精製して作った葛粉も、昔から風邪や肩こりに良いとされ、黒田藩に納められるのはもちろんのこと、大部分は江戸に運ばれるという貴重品だったそう。

苦味があるからといって葛餅は、大人の食べ物というわけではありません。廣久に見学にやってくる小学生達は、

「これが給食で食べられたらいいのにっ！」

と言うといいますし、私も東京へのお土産とした葛餅を友人の子供に食べさせたところ、

「最後にちょっと苦いところがオイシイ！」

などと、シブい感想を洩らして大人の分まで食べていた。それは子供から老人まで、誰にも愛される甘味でもあるのです。

廣久葛本舗を辞して、私は旧秋月城跡へと向かいました。道に刈り取った粟が干してあったり、警戒心の全く無い猫が毛づくろいをしていたりする道をぽくぽく歩く途中に、昔の武家屋

敷がひょっこりあったりする。

秋月城跡には、今となっては珍しい木造校舎の秋月中学校が建っていました。時は夕刻。学ランやセーラー服の生徒達が、下校の途についています。

校門脇にぼーっと立ち、

「こんな美しい町のこんな美しい中学に通っていたら、この先大人になって巨大な灰色の街へと出ていった時に自分の故郷を思い出して、泣きたいような気持ちになってしまうんじゃないかなぁ」

などと考えていた私に、生徒達は、

「こんにちはっ！」

と明るく挨拶をしてくれます。ああ、何だか東京でよどみまくっている私の魂が、清く精製されていくようだ……。

天然の葛と、きれいな水と、おだやかな人達。そして私は、すっかり「筑前の小京都」のファンになっていたのでした。が、もしかしたら小京都などと言うのは、外の人間だけなのかもしれません。おそらく秋月の人々は、「秋月は、秋月」という確固たる自信を持って、自分の町を愛しているのだと思う。きっと日本のあちこちに、こんな町がまだあるのだろうなぁ……と、こういう感覚こそが、旅の滋味というものなのかもしれません。

廣久葛本舗十代
高木久助
☎ 0946-25-0215
福岡県甘木市秋月町
532 番地

佐賀県　呼子　甘夏かあちゃん

佐賀です。歌ですっかり有名になったこの県ですが、確かに「うーん、あんまりよく知らない」という方が、多いのではないでしょうか。

そんな佐賀ではありますが、私にとっては実は思い出の地。その昔、当時付き合っていたボーイフレンドと福岡に遊びに来た時、レンタカーを借りて唐津までドライブしたことがあったのです。ああ、そういえばお昼は呼子でイカなんか食べたんだっけなぁ。

佐賀の甘味を探していた時に見つかったのは、甘夏の栽培が盛んな加部島というところで作られている、甘夏のゼリーだったのでした。そしてその加部島は、呼子のすぐ向かい側にあって、橋でつながっている。

……というわけで今回は、はからずも昔と同じコースで、呼子まで行くこととなったのでした。私にとっては、佐賀に来るのも、その時以来。ちょっとしたセンチメンタル・ジャーニーが、始まりました。

朝イチで羽田を発ち、福岡空港でレンタカーを借りると、呼子までは百キロほどのドライブとなります。道は空いているし、窓から見える唐津湾の景色はものすごくきれい。天気もよかったので、ちょっと南欧をドライブしているような気分になってきます。いや、南欧をドライブなんてしたことないですけど。

窓の外を眺めつつ、「こんなに絶景だったかしらん?」と昔のことを思い出そうとするのですが、記憶に残っているのは「眠くてしょうがないのに、助手席で起きていなければならないのがとにかくつらかった」とか、「ささいなことでケンカして、ムッとしている時間が長かった」ということくらい。ああ、色恋が絡まないドライブって何て気楽なのだろう、と思います。

佐賀県に入ると、道は「虹の松原」という松林の中に入りました。右も左も、前もうしろも松また松。「あっ、ここも確か通ったハズ」と、記憶がうっすら、よみがえってきます。

唐津焼で有名な唐津を抜け、しばらく走ると到着するのが、イカで有名な呼子です。漁港周辺にはイカ料理の店が並んでいますが、

「あの時は確か、いちばん奥のお店に入ったんだよね～」

と記憶を辿(たど)って、「河太郎」というお店へ。店の中にはいけすがあり、イカがたくさん泳いでいるのも以前のまま。「ああ、あの時も私はこの店で『イカが透き通ってるぅ！』とか言ったんだっけなぁ。またここに来る機会があろうとはなぁ。しかしイカは美味(おい)しいなぁ」などとしみじみ思いながら、コリコリしたイカの刺身を噛(か)み締めた。

すっかりイカっ腹になってから、呼子大橋でつながっている、加部島へ。島には緑がいっぱい、甘夏もあちこちでなっています。しかし店らしきものは全くなく、道ゆくおじいさんに教えてもらってやっと辿り着いたのが、今回の目的地「甘夏かあちゃん」。

しかし、「甘夏かあちゃん」。何と印象的な名前でしょうか。山道にひょっこりあったそのお店はごく素っ気ない感じの建物ですが、何でもここでは、甘夏農家の「かあちゃん」達が、甘夏のゼリーを作っているというのです。

中に入ると、甘夏かあちゃんこと山口めぐみさんが迎えてくださいました。まずは駆け付け一杯、という感じで、

「食べてみて」

と、ふるふる揺れるゼリーが目の前に。

お皿には、甘夏の皮にゼリーが入ったものが、四分の一カットになって載っています。さっ

そくスプーンを入れてみると、柔らかさが絶妙。そして甘さと酸っぱさのバランスも、絶妙。固すぎて興醒（きょうざ）めなゼリーがよくありますが、このゼリーは限界ギリギリまでゆるくなるように と、よく考えて作られたものだということが、食べるとわかる。

甘夏かあちゃんこと山口めぐみさんは、もともと甘夏を作っていたわけですが、

「甘夏をどうにかせにゃ、と思って。加部島の甘夏をもっと知ってほしかったとよ」

ということで、甘夏でゼリーを作ることを考案。試行錯誤を繰り返しながら商品化したのが、一九九一年なのだそうです。

使用されているのは、めぐみさんのご主人や息子さんが生産している、無農薬の甘夏。無農薬なので、しぼりかすも飼料になるし、皮も利用できる。ゼリーには必ず、食べおわった後の皮で〝甘夏ピール〟を作るレシピが、ついているのです。

ゼリーの液は、春と夏と秋、それぞれの時期に採れた甘夏果汁をブレンドして、ちょうどよい味にしているのだそうです。甘夏の味は木によっても違うので、一本一本の木の味を見極めてゼリーに利用しているというのも、甘夏農家ならでは。

甘夏について語る甘夏かあちゃんのお話をうかがっていると、私はとても清々（すがすが）しい気持ちになってきたのでした。甘夏かあちゃんは、地元・加部島と、家族で作っている甘夏とが、大好きなのです。その「美味しく食べてもらいたい」という一心が固まって、甘夏ゼリーはできて

いる。

いるべき場所にいて、やるべきことをやっているというその真っすぐさが、味にもあらわれているこのゼリー。ああ、この味を、東京で悶々（もんもん）としているあの人やこの人にも食べさせてあげたい、と私は思った。

島からの帰り、薄暮の時間帯に呼子大橋を渡ると、それは美しい景色が広がっていたのでした。

「東京なんかにたまに行っても、島に戻ってくるとホッとする！」

と甘夏かあちゃんは言っていましたが、その気持ちがよーくわかります。

あの時、一緒に呼子に来たあの人は今頃、どうしているのかなあ。昔の恋の思い出がまたふっと脳裏をよぎりましたが、それは甘夏の香りのように、妙に爽（さわ）やかな感覚だったのでした。

甘夏かあちゃん
☎ 0955-82-2920
佐賀県唐津市呼子町大字加部島 3748

熊本県　熊本市　いきなり団子

熊本というのは、実はかなりの〝おしゃれタウン〟なのでした。目抜き通りの「下通り」はアーケードになっていて、洋服の店やカフェなどがいっぱい。若者達も、それぞれにおしゃれ。子供達も、可愛い格好をして歩いています。

ふと目を上げると、そこには熊本城。城と市電とアーケード、このうち二つ以上の要素が揃っている地方都市は元気がいい、という印象が私にはあるのですが、熊本市はその条件が三つとも揃っている。アーケード街の人通りも多く、

「よかたい、よかたい」

という気分になってきます。

そんな熊本にやってきたのは、朝から売り出してお昼には売り切れになってしまう「いきな

どうにも見当がつきません。

り団子」を売るお店がある、という噂を聞いたからなのでした。しかし「いきなり団子」とは、どんなものなのか。熊本の人であれば誰しもが慣れ親しんでいるおやつだそうですが、私にはどうにも見当がつきません。

噂のお店「いきなりや　わたなべ」は、とにかく早くに売り切れてしまうらしいので、私もその日は朝八時に、お店にうかがったのでした。熊本市中心部からは少し離れた、普通の住宅街といった風情の一角に、「いきなりや　わたなべ」を示す矢印を発見。その角を曲がってみると……、ありました。ごく小さな間口のお店の前に、ちょうちんが一つ。もうもうと湯気を出しているせいろが並んでいます。お店に一歩入ると、中では女性ばかりが八人、忙しそうに働いていました。そして私を出迎えて下さったのは、渡辺乃りこさんです。

「まずはどうぞどうぞ!」

と、渡辺さんはいきなり団子を出して下さったのですが、まずはその大きさにびっくり。大人の握りこぶし大はあるのです。

蒸したてのアツアツのところを割ってみると、中身はさらにびっくり、こしあんとサツマイモ。いきなり団子とは、あんこと生のサツマイモを、小麦粉の皮で包んで、蒸しあげたものなのでした。

一口食べてみると、これがまたおいしい。あんの甘味とサツマイモのホックリ感を、少し塩味のきいた皮が引き立てる。あんことサツマイモの組合わせというと一瞬意外ですが、考えてみれば饅頭の中に栗が入るのなら、サツマイモが入っても何らおかしくはないわけで、私はぺろりと平らげてしまいました。するとさらに、

「これも、食べてみて！」

とすすめて下さったのは、白あん入りの「白いきなり」。おお、これも美味ではないですか。

「宮崎美子さんもいきなり団子が好きなんだけど、こんな美味しいのは食べたことがないって……」

と、渡辺さん。確かに、地元の人をしてそう言わしめるに値する味です。

そうこうしているうちにも、お客さんは切れ目なくやってきて、一個九十円のいきなり団子を十個、二十個と買っていきます。大きなものがどんどんと無くなっていく、それは気持ちが良いほどの売れっぷり。

しかしなぜ、「いきなり団子」なのか。うかがってみると、

「これは、昔は家庭で作っていたおやつで、いきなりお客さんが来てもすぐに作って出せる、っていうところからいきなり団子になった」

のだそうです。小麦粉の生地でできたものを九州では「だんご」とか「だご」とか言うので、だから「いきなり団子」。

なるほどねぇ、と納得しつつ、きっと「わたなべ」はこんなにお客さんも多いのだからさぞや老舗なのだろうと思っていたら、

「まだ、できて三年」（二〇〇四年当時）

とのこと。渡辺さんのご主人が定年退職した後、娘さん達から「何もしないでいるとボケちゃうよ！」と言われ、「ではお祖母ちゃんが作っていたいきなり団子を作ってみよう」と思い立ったのだそうです。お祖母ちゃんの味を思い出して、試行錯誤すること三ヵ月。特に、皮の塩味のきかせ具合には苦労したそうです。さらには、サツマイモは熊本の阿蘇山麓産のものにこだわり、調理にはマイナスイオン水を使用。

「別に儲けなくてもいいけん」

と、一個九十円でこの味、このボリュームです。

そんな渡辺さんは、あくまで明るい方なのです。働いている女性達は皆、近所の主婦の方々なのですが、皆さん楽しそう。そして奥ではご主人が皮の生地を作っている。

「ずっと経理をやってましたけん、性格が几帳面で。生地の味が狂わんとです。私は、イモ担当。ハハハッ」

と、時折「……ばってん」といった単語も交じるネイティブ熊本弁を聞いていると、こちらも楽しい気分になってこようというものです。

実は「わたなべ」のいきなり団子には、さらなる秘密もあるのでした。さきほどいただいた「白いきなり」、これは渡辺さんが開発したこのお店オリジナルなのですが、この「白いきなり」を選挙事務所に持っていくと、必ずその候補者がトップ当選するというのです！

私がお店にうかがった日は、ちょうど衆議院選挙の投票日。後日にうかがってみると、やはり「白いきなり」を支持者が持っていった候補は、当選したというではありませんか！　おいしい上にものすごい勝運をもたらしてくれる、何ともすごいいきなり団子なのです。

朝食代わりにいきなり団子でお腹をくちくした私も、何だか元気になってきました。

「早起きするといいことあるなぁ！」

と、そのまま電車で「わたなべ」で使用しているサツマイモの産地、阿蘇へ。あいにく霧で山頂は見えなかったものの、名産の赤牛も食べて、温泉にも入って、私も勝てそうな気分になってきたではありませんか。……ま、何に勝つのか、っていう話はありますけども。

いきなりや　わたなべ
☎ 096-346-0606
熊本県熊本市坪井 4-3-42

長崎県　長崎市　カステラ

そういえば最近、カステラを食べてないなぁ、と思ったのです。子供の頃は、たとえばおばあちゃんの家に遊びに行った時に、おやつとしてよく食べていました。カステラというのは自分で買って食べるものではなく、頂き物として、また〝もらい物の多い家に行った時にいただくおやつ〟として食べるものだった。

一人暮らしの私は、おそらく最も〝カステラをあげにくいタイプの人間〟なのでしょう。そしておばあちゃんの家に行っても、もうカステラは出てこない。

となると、ムラムラと「カステラ食べたい」欲が湧き上がってきます。冷たい牛乳と一緒にカステラを食べつつ、午後のテレビをぼーっと眺める平和な時間が、無性に恋しくなってきました。

そこで思い浮かんだのは、長崎。カステラが食べたくなって長崎へというのもあまりに直情径行、という気もしますが、やはりカステラと言えば長崎。名物すぎるあまり、長崎でカステラを食べたことがないということも思い出し、一路向かってみました長崎へ。

入り組んだ海岸線を持つ長崎県は、とても複雑な形をしています。長崎空港は大村湾の中の小島に造られているので、飛行機はまるで海の中に着陸していくよう。長崎市に向かうバスに乗って、空港がある島と陸とを結ぶ海の上の橋を渡っていると、ちょっと異国にやってきたような気分に。

市内について私はまず、皿うどんを食べました。カステラを食べにきたついでに皿うどん、という非常にわかりやすい観光行動に、自らの旅人としての資質にちょっとした疑問を抱かざるを得ない私ですが、かといって長崎まで来ておいてちゃんぽんや皿うどんを無視する旅人というのも、どこか非情な気がする。

ちゃんぽんや皿うどんを食べさせる店が並んでいる中華街は、修学旅行の生徒達で賑(にぎ)わっています。適当な店に入って皿うどんを頼めば、揚げた麺(めん)にかかっている中華あんには甘味が効いていて、これもまた〝長崎だなぁ〟って感じ。そう、長崎の食べ物というのはちゃんぽん・皿うどん・しっぽく料理……とどれも皆、なぜか砂糖味が効いているのです。

「砂糖味の謎」は、松翁軒を訪問してみて、解けました。

松翁軒は、長崎における、というより日本におけるカステラの元祖と言われるお店です。店舗の二階にはティールームがあり、そこでは元祖カステラを食べながらお茶を飲むことができるので、まずは賞味させていただきます。

ああ、何て久しぶりのカステラ。それも、本場・長崎の地においてカステラを食べられるだなんて……！と、私は少し興奮気味に、若主人の山口喜三さんにお話をうかがいました。

長崎という場所が、鎖国時代に唯一開かれた港だったことは言わずもがな。その時代、外国船は、砂糖をバラスト（船を安定させるために船底に積む重し）代わりに積んでやってきたそうな。だからこそ長崎には貴重品の砂糖が存在し、その砂糖をふんだんに使用することが、「ご馳走（ちそう）」「もてなし」の精神を表すことになった、らしい。

カステラも、甘ーい食べ物の一つです。そして驚いたことにカステラは、普通のスポンジ生地とは違って、バターを使用していない。ではなぜあんなにしっとりしているのかといえば、秘密はやはり糖分にありました。生地に加える水飴（みずあめ）の量をできる限り増やすことによって、あの独特のしっとり感は生まれるのだそうです。

もう一つカステラの甘味の特徴といえば、上下を挟む形で付着している茶色に焦げた部分の味でしょう。もちろん私も、あの茶色の部分が大好きな者の一人。子供の頃は最初に黄色い部分だけ食べて、最後に茶色部分をじっくり味わったりしていました。茶色部分に混じっているザラメのジャリッとした感触が、もうたまらなく嬉しかった。

ところがあのジャリ感も、意図的な産物ではないのだそうです。水飴の他に、ザラメと上白糖を半分ずつ使用した結果、溶けずに残ったのがあの「ジャリッ」。

「あの部分が好きという方が多いという話を聞いて、ザラメがたくさん残るようにしてみたんですけどね」

と、山口さん。そうなんです、私達はあの「ジャリッ」が大好きなんですよぉ！と、私はさらに「ジャリッ」部分の多いカステラを作成して下さるよう、懇願したくなった。

同じ建物内にあるカステラを作る工場も見せていただきました。すると中に入った途端、甘ーくて香ばしーい、陶然としてしまうような匂いに包まれる。

カステラ作りはほとんど機械化されていない力仕事なので、働いているのは皆男性です。焼き上がったカステラは新聞紙を広げたほどの大きさ。それが、巨大な卵豆腐のように、ふるふると揺れている！

「出来たてのカステラは、まだ柔らかいんですよ。一度寝かせて、生地が締まってからでないと、おいしくない」

ということらしいのですが、そのふるふる感はまるで『ぐりとぐら』における巨大カステラのようで、思わずかぶりつきたくなってしまうのです。

卵がいっぱい入った、カステラの匂い。その匂いを吸い込んでいると、とってものんびりとした気持ちになってきます。こののんびりとした気持ちは、かつておばあちゃんの家の日当たりの良い居間で、うらうらと日差しを浴びながらカステラを食べていた、あの時の気持ちと似ている。自分は永久に無責任でのほほんとしていることができるのではないか、と信じていた時代のことをカステラの匂いは私に思い出させ、焼きたてのカステラを前に、私の鼻の奥は少しツン、としてきそうになるのでした。

松翁軒　本店
☎0120-150-750
長崎県長崎市魚の町3-19

長崎県　島原　寒ざらし

島原へは、熊本港からフェリーで渡ったのでした。甘党流れ旅初の、水路での到着です。半島やら島やらが入り組んで、非常に複雑な形をしている長崎県。雲仙普賢岳を擁する島原半島の東側にある島原は、陸路で長崎市へ行くよりも、フェリーで熊本市へ行く方がむしろ近いという立地なのです。

船旅においては、陸路で目的地に着くのとは異なる観点から、その場所を把握することができます。ああ、けっこう港の傍まで山が来ているのだな、港の近くにはホテルが何軒かあって街があって……と眺めながら、私は島原に到着しました。

島原に来た目的はただ一つ。「寒ざらし」を食べることです。以前に雑誌で見たことがある寒ざらしは、団子状の白い玉が何個も液体に浸っているという形態だった。黒っぽい器に浮いている白い玉の様子は涼しげで、夏になったら是非食べてみたい、と思っていたのです。果たして寒ざらしとは何なのかという予備知識も全く持たず、私はいきなりフェリーで乗り込みました。

寒ざらしを食べることができるのは、「しまばら水屋敷」というお店。妙な名前だなぁ、という気はしていたのですが、やはりそれ以上の追及はせず、街の中を探していた。

すると、ある一つの事実に気付くこととなります。それは、

「島原は、どこへ行っても水がある」

ということ。

普通の住宅街の道路脇に、美しい清流が流れている。鯉が泳いでいたりも、する。ごく普通の道路脇に井戸があって、おばあさんが水を汲んでいる。珍しくて眺めていると、

「どこから来たの？　ここのお水はおいしいから、飲んでみなさい」

と声をかけてくれる。

アーケード商店街に入っても水は流れ、やはり水汲み場がある。そこにはまた別のおばあさんがペットボトルに水を汲んでおり、

「やっぱりお茶はこの水でいれないと。で、どこから来たの？」

という話になる。

町中の色々な場所で水を飲んでみると、確かにおいしいのです。それは二百年前におきた普賢岳の噴火による地殻変動で湧いた水なのですが、街の中にここまで美味しい水が豊富に、そして普通に湧いているという事実に、私はかなり驚いた。

水を飲み飲み探していた「しまばら水屋敷」の入り口は、アーケード街の中に何気なく存在していたのでした。一瞬、ごく普通の甘味屋さんなのかと思って門をくぐると、明治時代ものとおぼしき古い木造家屋が、いきなり登場。靴を脱ぎ、その家屋の縁側を進むと……。

私はさらに、ここで驚くこととなったのでした。アーケード商店街からひょこっと入った場所に古い日本家屋があるだけでも異質なのに、その庭には、無色透明の泉が湧き出しているのですから。

庭に池があるという家なら、いくらもあることでしょう。しかしここにあるものは、池ではなく泉。ご主人の石川さんのお話によれば、毎秒五十リットルもの清水が湧き出ているというその様子は、まさに「滾々(こんこん)と」という形容しか当てはまりません。

石川さんのご実家であるこの家は、庭に源泉が湧き出ているから、「水屋敷」。ここから湧き出た水が、町内を流れているのです。

泉は、私の視線を奪いました。底の方から湧出する水で水面は揺れ、長崎の強い陽の光にきらめく水草のそこここに、天然のハヤや小さなエビが見えかくれする。水はあまりに透明で、レンズを通して見ているような感じ。それはまるで大海のジオラマのようで、いつまで見ていても飽きることがない。

そこへ、寒ざらしが運ばれてきました。蕎麦猪口（そばちょこ）ほどの容器に、指先くらいの大きさの白い玉がいっぱい、浮いている。実はこの寒ざらしとは、いわゆる白玉のこと。しかしこの白玉、白玉粉を作る時から島原の清流にさらされ、さらに粉を練って丸めて茹（ゆ）で上がった後もしばらく流水にさらして出来上がるもの。水にさらしまくるからこその「寒ざらし」であり、島原の水なくしてはできないのです。

寒ざらしの脇に添えられた水は、もちろん湧き水。これをまずゴクリと飲み、次に寒ざらしを一口。薄くカラメルの風味がついたシロップとともに口に含む白い球体は、滑らかで、冷たくて、透明感のある甘さです。

目の前には、汲めど尽きせぬ泉。口の中には、寒ざらし。それは、島原の美しい水を濃縮したような食べ物。ものすごくシンプルな味であるからこそ、派手なお菓子からは決して感じられない滋味があふれてくるのです。

寒ざらしは、島原では昔からあるおやつです。ご主人も、子供の頃から「銀水」というお店のおばあさんが作った寒ざらしを食べており、そのおばあさんが亡くなられた今も、「銀水」の寒ざらしを基準にして、作っているのだそう。だからこそその味からは、故郷と水への愛というものが、感じられるのでしょう。

島原は、優しくて美しいおばあさんがいる街です。かねてより、「城下町のおばあさんは上品で美しい」という持論が私にはあるのですが、それは島原にも当てはまりました。が、何よりも島原のおばあさんを美しくさせているものは、その水なのだと思う。子供の頃からあの水を飲んでいれば、寒ざらしや、やはり島原名物の一つで水なくしては作ることができない素麺(そうめん)のように、白くさらされるわなぁ。と、私は羨(うらや)ましくなった。

家で白玉を作ることはあれど、寒ざらしは島原の水がなくては決して成立しない味。ああ、自分の家の庭にも泉が欲しいよぉ……と、叶(かな)わぬ夢を見た私だったのでした。

しまばら水屋敷
☎ 0957-62-8555
長崎県島原市万町513-1　万町アーケード内

大分県　別府　やせうま

私はその時、砂の中に埋まっていたのでした。

……それはまるで子供の頃、海水浴をしていた砂浜で、砂に埋められた時のような感覚。

しかしここは、海岸ではありません。別府の市営温泉である「竹瓦温泉」の砂湯における一コマ。全裸にタオル一枚をかけただけの姿で横たわると、係の人（当然、女性）がスコップでザッ、ザッと砂を身体の上にどんどん盛ってくれ、身体はあっという間に温かな砂に埋まってしまうのです。

身体全体にほどよい砂の重みを感じつつ、じんわりと温まるその感覚は、お湯に浸かるのとは全く異なるものです。別府の歓楽街のド真ん中で異彩を放つクラシックな建造物である竹瓦温泉において、砂に埋まる私。ふと天井を見上げれば「アタシったらなんでここで全裸で埋まってるんだろ……」とも思うのですが、「まいっか」とその心地よさに身を任せることにします。

別府は、どこか哀愁漂う街です。言わずと知れた温泉天国であり、ぶらぶら歩いていると竹瓦温泉の他にも、クラシックな公共の温泉にいくつも出会う。夜の街はピンクや紫のネオンに彩られ、流しのおじさんが、ギターを片手に歩いていたりもする。つまりそこには、昭和という時代が今も色濃く残っている感じ。盛りを過ぎた美女、のような存在感でもあります。

その別府にどのような甘味があるのかというと、その名も「やせうま」。甘いものらしくないネーミングですが、果たしてどんなものなのでしょうか。街の中心部から少し離れ、緑が豊かになってきた辺りにある「甘味茶屋」で、それは食べることができます。

やせうまとは何かというと、小麦粉と塩と水を練って伸ばしてゆがいたものに、きな粉をまぶして食べるおやつ。当然、なぜやせうまというネーミングになったのかが知りたいところですが、昔この地方を治めた殿様の若君が、「やせ」という乳母に「うま、うま」と食べ物を求めたからだとか、馬方さんが痩(や)せた馬を連れていたからだ……とか、諸説ある模様です。

甘味茶屋でいただいたやせうまは、しっかりとした歯応(はごた)えで、シンプルかつ素朴な味。昔からこの地方では、家庭で食べるおやつとして作られていたのだそうです。

同じ材料、つまり小麦粉を練って茹でたものを、野菜などと一緒に味噌仕立ての汁にすると、「だんご汁」になります。小麦文化圏の九州全域においてだんご汁は作られているわけですが、中でも大分がそのメッカ。

「ごはんが少し足りない時とか、小昼（＝おやつ）なんかによく作ったものですけど……、最近の家庭ではあまり作らないみたいですねぇ」

と、甘味茶屋の奥様。そういえばタクシーの運転手さんも、

「だんご汁なんかは家で作るもので、食堂で食べるものじゃなかったんだけどねぇ」

と言っていましたっけ。とにかく小麦粉は、この地方においてはとてもカジュアルで親しみ深い食材なのです。

小麦粉を使うということは、つまり昔、お米が潤沢になかった頃の知恵なわけです。腹持ちのよい小麦粉が、おやつにも、そして主食代わりとしても重宝された。

確かにやせうまは、一人前がかなりのボリュームです。もぐもぐと嚙んでいると、じんわりと甘味がしみ出てくる。スナック菓子やケーキでは決して味わうことのできない食感なのです。

実は大分に関してはもう一つ、気になることがあったのでした。空港から別府まで向かう道すがら、何軒も見かけたのが「からあげ」という看板の店。聞けばそれは鶏のからあげの専門

店らしい。

「大分は、鶏肉の消費量が日本一の県だからねぇ」

と、地元の人は言います。

「えっ、それはナゼ？」

と聞くと、

「いやよくわからないケド」

という答え。

さらには、中津という所にはからあげ専門店が異常に多く、〝からあげの町〟と言われているというではありませんか。からあげ好きな私は興味をそそられ、別府から日豊本線に乗って、中津へと足を延ばしました。

車窓から見えるのは、まさに〝麦秋〟という景色でした。麦秋とは、秋のことを言うのではありません。ちょうど麦の刈り入れ時である初夏の頃、麦畑が黄金色に輝くのが秋のようなので、麦秋と言うのです。風にうねる麦畑は、ゴールデンレトリバーの毛並みのよう。この麦が地粉となり、やせうまやだんご汁へと変身するわけです。

大分でからあげが好まれるのも、そこに粉があるから、なのかもしれません。ただ鶏を食べるのではなく、粉をまぶして揚げるところに、大分らしさがある。

中津の駅には、しかしあまりからあげ感は漂っていなかったのでした。「からあげマップ」のようなものがあるわけでもない。皆、

「えっ、わざわざからあげを食べに来たの?」

という反応。「からあげ屋なんて、あるのが当たり前。珍しいものでも何でもない」という地元の人の態度が、妙におかしい。

からあげ屋さんは、その多くが持ち帰り専門です。買って帰って家のごはんのおかずにしたり、誰かの家を訪問する時にお茶菓子代わりに持っていったりするのだそうです。私も一軒のからあげ屋さんに入り、テイクアウトして路上で食べてみました。ふむ、やせうまと同様、身体のどこかで既に知っていた、という感じの味。

のんびりからあげを食べていたら、空港へと向かうバスの時間に遅れそうになりました。ダッシュでバス停へと向かう私の胃の中で、小麦粉と鶏肉が揺れる。気がつけば大分では、一粒もお米を食べていません。それでもこんなに速く走ることができるのは、やっぱり〝やせうま〟をたべたから……?!。

甘味茶屋
☎0977-67-6024
大分県別府市実相寺1組の4

宮崎県　宮崎市　鯨ようかん

実を言いますと、日本の全都道府県の中で、私が唯一行ったことがなかったところが、宮崎だったのでした。宮崎空港に降り立ち、隣接する駅からＪＲに乗った時にそのことにハタと気付き、

「おお……」

という感慨を多少、抱いた私。

ですがその感慨とは、「嬉しい」と言うよりは「寂しい」、もっと言えば「虚（むな）しい」に近いものだったのでした。

今までは、自分の国の中に行ったことのない県がまだ残っていると思うと、何かワクワクしたものです。未知なる美しい風景やおいしいもの、意外な県民性……といったものが、まだ見

ぬその地にはたーんと残っているのだ、と思うととても嬉しかった。ですが私は、もう日本の白地図を全て、塗りつぶしてしまったのです。

それは、とっても面白い本を読みおわってしまった時の感覚とも、似ていました。面白い本を読んでいる時は、「早く全部読みたい」という気持ちと、「できることなら永遠に読みおわりたくない」という相反する気持ちが共存するもの。日本国内をぐるぐる旅している私の中にも、「全部の県に早く行きたい！」という気持ちと「いつまでも、未踏の地を残しておきたい」という気持ちが、同居していたのです。

しかしとうとう私は、宮崎にやってきてしまいました。昔は新婚旅行のメッカだった土地であり、パームツリーみたいなのがたくさんはえているらしいこと。巨人のキャンプ地であること。宮崎に関してはその程度の知識しか持っておらず、

「本当にパームツリーって、たくさん植わっているのねぇ……」

と、電車の中で思っていました。

今回の目的地は、そんな宮崎県の佐土原町です。何でも「鯨（くじら）ようかん」というものが、この町にはあるらしいのです。

佐土原の駅についてまず「おお」と思ったのは、駅前の空き地に、パッと見は鯉のぼり、し

かしよく見ると「鯨のぼり」が泳いでいたことでした。

「どうやらここは、鯨の町らしい。しかしナゼ鯨……？」

と思いつつ、「鯨ようかんの安田屋」さんへと向かいました。

安田屋さんは、商店街の裏手、神社の参道の隣に、ぽつーんと存在していたのでした。その存在感は、ちっともお菓子屋さんっぽくない。

「こんにちはー」

と入ってみても、お菓子屋さん感はあまり漂っていません。

それもそのはず、ご主人の安田さんにうかがったところ、このお店はそもそもお菓子屋さんではなく、四代続くお米屋さんだったのでした。二十年ほど前からお菓子も作りはじめ、現在は鯨ようかんの他にも手作りのお煎餅（せんべい）なども人気なのだそうです。

それはそうとして、鯨ようかんとは、一体どんなものなのか。私もどうも想像ができずにいたのですが、見せていただいたものは、本当にとても鯨っぽい、ようかんだったのでした。

もちろん、鯨肉を使用しているわけではありません。ようかん一切れは楕円っぽい形をしていて、色は黒と白のコンビ。まさに、鯨を輪切りにした感じ。黒の部分はこしあんの蒸しようかんで、白の部分は米粉で作ってあるのだそうです。

パッと見、それはとても素朴なお菓子なのです。が、食べてみるとただ素朴なだけではない。

白部分と黒部分の味のバランスと舌触りのバランスとは、既に完成されたものではありませんか。

それもそのはず、鯨ようかんは佐土原において、三百余年も作られ続けているのでした。その昔、佐土原にあった島津藩のお城にいた殿様が亡くなり、幼い息子が残されてしまった。その息子が鯨のように大きくたくましく育つようにという願いを込めて作ったのが鯨ようかんだった、というのです。

とはいえ鯨を見たことがないのでは、鯨ようかんも作れまい。当時、どこからか佐土原の海に鯨が迷い込んできたのでは？　という話も、あるのだそうです。言うならばタマちゃん（もうお忘れかもしれませんが、多摩川に迷い込んできたアザラシのことです）のような鯨がひょっこりやってきたから出来たお菓子、なのかもしれません。

佐土原は、とてものんびりした町です。安田さんも、

「日向(ひゅうが)時間、っていうのがありましてね。日向、つまり宮崎の人は、待ち合わせに少しくらい遅れてもまぁあまり気にしないというか、ゆっくりのんびり、という感じですねぇ」

と、穏やかに、そしてにこやかにおっしゃっていた。

町を歩いてみると、色々なお店のシャッターなどに、鯨の画(え)が書いてありました。「鯨よう

のキャラクターなのかもしれません。ゆったりと海を泳ぐ鯨は、確かにこの町にぴったりかん」の看板も、あちこちに見かけます。

そんな風にしていると、

「あーあ、私はもう、全ての県に行ってしまったのだなあ」

というちょっと虚しいような気持ちが、次第に薄れてくるのを感じました。確かに私は、全ての都道府県に少なくとも一回は、足を踏み入れた。けれど、行かなければわからない面白さを持つまだ見ぬ町や村は日本にまだまだたくさんあるのであり、私は日本という「すごく面白い本」を読み終わったわけではぜんぜんないのだ、ということがわかってきたから。

佐土原駅から再びJRに乗って、私は青島神社に行ってみることにしました。車中のおやつは、安田屋さんの鯨ようかんと、おかきです。甘いのを食べたら、しょっぱいの。しょっぱいのを食べたら、甘いの。ああ、やっぱり旅は永遠に終わらないのだなぁということを、甘&辛がおりなすおやつスパイラルは私に教えてくれるのでした。

安田屋鯨ようかん
☎ 0985-74-0067
宮崎県宮崎市佐土原町
上田島 1424-4

鹿児島県　鹿児島市　白くま

ある時、鹿児島人男性に「白くま」をもらったことがありました。

「白くまって知ってる？　うちの近くのコンビニで、白くま売ってるところがあるんだよね
……うふふ」

と妙に嬉しそう。

言っていることの意味がわからず、そのコンビニの袋を見てみると、中にはカップに入った白いアイスクリームの様なものが。

「鹿児島ではね、かき氷と言えば白くまなわけよ。今では東京でもカップ入りのやつが売ってるから、嬉しくって」

と、彼。

まだ話がよくわからず、その「白くま」とやらを食べながら詳しく話を聞いてみました。何でも鹿児島においては、かき氷にミルクをかけて様々な果物などを飾ったものが「白くま」と言われており、それが非常にメジャーである、と。東京に来た時は白くまが無くてびっくりしたが、最近はカップ入りのものが売られていて喜ばしい、と。

「子供の頃、たまに親が天文館の『むじゃき』っていう店に連れていってくれて、そこで白くま食べるのが嬉しくってさぁ。白くまってすごく大きいから、すぐ頭がキーンって痛くなってきちゃうんだけど、それでも一人で一個白くまが食べられるってところを親に見せたくて、一生懸命食べたんだよね」

と語る彼は、今やもうすっかり都会の垢(あか)にまみれた大人。

私は、この「いい大人が子供の頃のおやつの思い出を語る」という光景に弱いのです。どんな人であれ、子供の頃の嬉しかったおやつの思い出は、持っている。その思い出を語る大人の姿を見ていると、私は泣きたいような気分になってしまう。

本場の白くまとは、どんなものか。そして鹿児島の全子供にとっての思い出の場所、「むじゃき」とはどんな店なのか。私は鹿児島へと飛びました。

鹿児島の空港から市内へ向かうバスに乗ると、私は「南へ来たなぁ」ということを、感じます。樹木の生えかたが、関東とは違う。溢れるような太陽の光を浴びて、ムクムクという音をたてて木が成長している感じなのです。

鹿児島の人々も、心なしか西郷どんのようなたくましい顔をした人が多い。全体的に、

「熱いぜ！」

という感じ。

「天文館むじゃき」は、鹿児島市一の繁華街、天文館の大きなアーケードの中にあります。天文館とは、江戸後期に島津藩が造った天文観測所にちなんだ名前。西郷どんや大久保利通をはじめとする偉人どころでもある鹿児島は、進取の気性に富んだ土地柄でもあるのです。白くまのようなオリジナリティー溢れるおやつも、鹿児島人ならではの創作かもしれません。天文館むじゃきに到着すると、店の前では大きな白くまの人形が迎えてくれました。ショーケースには、スタンダードな白くまをはじめとして、ミニサイズの「ベビー白くま」、プリンが載った白くま、白くま誕生五十一年（二〇〇一年当時）を記念した六月限定の「リバイバル白くま」など、様々な白くまが。まさに、白くま天国！

今では、鹿児島県内のみならず、九州各地でも一般名称化している白くまですが、その発祥の地はここ天文館むじゃき。六十年前、和食の料理人であった初代のご主人が、苺にコンデンスミルクをかけて食べるとおいしいなぁと思ったことをきっかけに、白くまを発想したのだそ

うです。

お店に入ると、そこは白くまを食べる人だらけ。だいたい二人で一白くま、という感じが一般的です。とにかく老若男女が皆、白くまに取り組んでいる。

運ばれてきた白くまは、確かに大きいのです。たっぷりの氷の表面に、メロンにスイカ、みかんやバナナや十六寸豆……と、色とりどりのトッピング。白くまちゃんの目鼻は、乾しブドウで作ってあります。東南アジアでよく食べられている、氷に甘く煮た豆やら果物やらを載せて食べるおやつにどこか共通するのは、やはり鹿児島もアツい場所だから、なのか。

氷にかけられているのは、ミルク。それもただのコンデンスミルクではなく、秘密のブレンドがなされたミルクなので、あまりしつこくなくサラッとしている。

私は、今期初のかき氷に挑みました。かき氷はいつも、甘くて冷たくて、食べても食べても減らない。「これが、鹿児島から出てしまった全鹿児島人に郷愁を抱かせ、鹿児島から送ってもらってでも（「むじゃき」の白くまは、発送が可能）食べたくなる味なのだなぁ」と、私は口の中で氷を溶かしながら、思う。天文館のむじゃきは、東京人にとっての銀座の不二家のような存在なのでしょう。

鹿児島の夏は暑くて、ソフトクリームをなめたくらいではとてもおっつかん、のだそうです。

そんな夏に白くまは、鹿児島の人の身体を冷やす。私もすっかり冷えた身体で店の外に出ると、もわっと熱い空気に身体を包まれました。

店の外では、頭をスポーツ刈りにして真っ黒に日焼けした高校生の男の子達が、おそらくは部活の練習の帰りなのでしょう、皆で持ち歩きタイプの白くま（「ハンディ白くま」と言う）を買っていました。白くまにかじりついている彼等は、もう子供ではないけれど、まだ大人でもない。

高校を卒業したら、おそらくは別々の道を進むのであろう、男の子達。一緒に白くまを食べる夏は、もうこれが最後なのかもしれない。彼等が大人になったら、やっぱり誰かに、

「白くまって知ってる？」

と、語るのでしょうか。

天文館むじゃき
☎ 099-222-6904
鹿児島県鹿児島市千日町 5-8

沖縄県　那覇　サーターアンダギー

飛行機の旅はつまらない、と言う人がいます。乗って降りれば目的地についていて、「だんだん移動している」という感じが味わえないから、と。

しかし飛行機の旅ならではの楽しみも、あるのです。たとえばそれは、空気感の違い。東京から飛行機に乗って、那覇の空港に着く。飛行機から一歩降りた瞬間、むわっと熱い空気に包まれたりすると、

「遠くまで来たのだな」

と、思うものです。東京の空気をそのまま飛行機につめて沖縄まで持ってきているからこそ、飛行機から降りた時の差異を激しく感じる、とでも言いましょうか。

沖縄は特に、空港を歩くだけで、東京との違いを激しく感じる場所です。空港に植えられて

いる花は、南国の色合い。空港で働いてる人達の顔だちもはっきりしているし、ネームカードには沖縄風の名字が書いてある。

「ああこの旅も、とうとうこんなに南まで……」

と、私は感慨深く空港を歩きました。沖縄は、この「甘党流れ旅」で訪れる最後の県なのです。


空港に降り立った時のような感覚は、那覇の公設市場を歩く時にも、味わうことができます。まず、そこに漂うにおい。東京の築地市場とも京都の錦市場とも金沢の近江町市場とも違う、独特なにおいがそこには漂っています。どこかで嗅いだことがあるような、でももし嗅いだことがあるとしたらそれは日本ではなく、アジアのどこかの国においてだったかも……と思わせる、そのにおい。嗅いでいるうちに、開放的なようなヤケッパチのような気分になってきて、足取りがやけにゆっくりになってきます。

公設市場で売られているものも、独特です。ブタの顔の皮。ブタの足。干した海へビ。色とりどりの魚（食用）。海ぶどう。ゴーヤー。豆腐よう。ここは日本であって日本語で会話が成立する分、その独特の食文化は際立って見えます。当たり前のことながら、「日本という国の中にも、色々な人がいるのだ」ということが、わかってくる。

沖縄は、甘党という見地に立った時も、見るべきものが多い場所です。まず公設市場の二階に行けば、サーターアンダギーの店「歩（あゆみ）」がある。この店のサーターアンダギーは大変に人気があって、毎日二時間くらいで売り切れてしまうらしいのです。私は今までも何度か、沖縄に行く人に「買ってきてぇ〜」と頼んだのですが、いつも「売り切れだった」と言われていたくらい。

サーターアンダギーとは、言わば沖縄風のドーナツ。まだ売っていますように……と二階へ行くと、おお、開いていました「歩」。速攻で購入して一つかじれば、外側はカリッとして中がみっちりした食感と、いかにもカロリーの高そうな味わいが実に美味しい。揚げ菓子は南国で食べると味わいがひとしおであるなぁと、思うのです。

喉がかわいたので、一階のジューススタンドに行ってみました。このスタンドは、端っこのほんの目立たないスペースにあるのですが、一個ずつ手絞りで作ったシークワーサージュースを飲ませてくれるのです。キンキンに冷えたジュースは、一杯百円。スタンドの前の丸椅子に座って、グビグビと飲み干しました。

甘いものは、探せばさらにたくさんあるのです。公設市場から出れば迷路のようなアーケード街が伸びていますが、その角っこでは、おばあさんがお菓子の露店を広げている。

最近は、沖縄のご老人のことをおじい・おばあと呼ぶ人が多いわけですが、私は何となく気恥ずかしくて、この手の呼び方ができない者です。と言うより、沖縄のおばあさんは私の祖母ではないし、また私は「おばあ」呼ばわりができるほど、沖縄のご老人達に対して親切にしてあげた憶えもない。私のような観光客が「おばあ」なんて言うのは憚られるよなぁ、と思いつつ露店を見てみれば、しかしこれまたおいしそうなものがいっぱい並んでいるではありませんか。

その名も、「チンピン」とか、「ポーポー」とか。「よくわかんなーい！」と思いつつ、思わず購入。確かチンピンもポーポーも、小麦粉でできたクレープのようなものだけれど、どちらかが生地に黒砂糖が入っていて、どちらかがクレープに甘い油味噌を巻いたものでありました。

沖縄の甘味の数々は、おそらく中国の方に由来を持っているのだと思います。きっとチンピンは、漢字で書けば「甜品」となるような気もするし、油を使ったお菓子が多いのも、中国系の影響でしょう。

手に持つ袋の中には、サーターアンダギーやチンピンやポーポーに交じって、ＣＤ屋さんで買ったオキナワン・テクノのＣＤが。だらだら歩いているうちに汗が何筋も背中を伝いますが、涼もうと思ってファッションビルに入ってみても、吹き抜けになった内部にも熱い風が回っている。

　そうこうしているうちに、だんだん自分がどこにいるのか、わからなくなってきました。同じところを何度も通っているような気もするし、初めて歩くような気もするし。痩せた猫が店先に倒れるように寝ているのを、私はさっきも見たような、見ないような……？

　歩き疲れた頃に見付けたのは、細いアーケードの中の「安い！　マッサージ」という看板でした。看板を出している店を覗くとどう見ても奥は美容院なのですが、店の前（つまりアーケードに面した屋外）に、ベッドが置いてある。

　思わず私は、そのベッドに倒れこんだのでした。店の奥さんは、たっぷり全身を一時間ほど揉んでくれた後、

「はい、二千円。疲れてるんだったら、ここで寝ていくといいさぁ～」

と言って、奥に引っ込みました。

　気怠い那覇の夕方。小麦粉や油やシークワーサーで一杯になった胃を抱え、なぜか路上のベッドで寝る私。ああ、ここはどこなのか。もうそんなことはどうでもいい気がしてきましたよ……。

　今までずいぶんと色々な場所に旅をしてきましたが、私にとって最も大きな旅の醍醐味は何かといえば、それは「道をはずれる」ということなのだと思うのです。

たとえば那覇であるならば、メインストリートである国際通りをぶらぶら歩くのも、まぁそれはそれで楽しい。けれどそこからふと横を見て、「ああ、この道に入っていきたいなぁ」と思う小道を見つけた時というのが、旅をしていて最も胸が高鳴る瞬間。

脇の小道を入って、さらにそこから続く小道に入り、うねうねとどこまでも歩いていって、しまいにはヘトヘトになって「お茶飲みたーい」なんて思うわけですが、お茶を飲む店すら一軒もなく、ただひたすらに歩いていく。私の旅はいつもそんな感じです。

うろうろと歩いているうちに、「はからずも」みたいな感じで、自分好みの甘党の店を見つけるうれしさというのは、また格別です。

たとえば那覇をうろついていた時に、ごく普通の住宅街の中に忽然（こつぜん）、という感じで現れたのは、「安室養鶏場のサーターアンダギー」。ふらりと入って、二個ばかり買ってかじってみたら、これが美味しい。養鶏場の新鮮な卵を使用して作っているのが納得できる、いかにも滋養がつきそうなこっくりとした味わいです。

近くをさらにうろうろしていると、「の」と書かれた看板がやたらといっぱいあることに気づきました。矢印で「こちら」みたいな案内もしてあって、「ハテ……？」と思ってその矢印をたどってみれば、「ぎぼまんじゅう」というお店がありました。ここは儀保という場所だから「ぎぼまんじゅう」なのだろうが、しかし何が「の」なのか？

　とお店に入り、

「ください……」

　と求めてみると、お店の人は、

「の、書きますか？」

　とおっしゃる。

　ハ？　と思ったのですがとりあえず、

「お願いします」

　と言ってみると、白いまんじゅうに食紅で、大きく「の」の字を書いていくではありませんか。

「あの、この『の』というのは一体どういう意味なのですか？」

　とおそるおそる聞いてみると、

「これは、『のし』の『の』なんですよー」

　とのこと。慶事のお祝い用などに使われた名残なのかもしれません。

「の」と書かれたまんじゅうは、月桃の葉に包まれます。食べてみると、中華まんのあんまんに近い感じ。月桃の葉の匂いがかなり強いのが、特徴です。お願いすると「の」の字以外も書いてもらうことができるという、非常に面白いまんじゅうなのでした。

さらに彷徨を続けて出会ったのは、「ぜんざい」です。ぜんざいといっても、沖縄のものは温かくもないし、小豆でもない。金時豆を黒糖で煮たものに、かき氷がたっぷりとかかっているのです。

私が入ってみたのは、「千日」というお店。かき氷を食べさせる店の基本でもありますが、もちろん冷房は入っていません。激しく太陽が照りつける外から店の中に一歩入ると、店内は薄暗く感じられるのですが、首を振る扇風機の風をたまに感じながらぜんざいを食べていると、時間が止まったような気分になってきます。氷も金時豆も盛りはたっぷりで、いつまでたっても減らないし……。


さらにうろうろしていた私は、ちょっと素敵な道に出会いました。それは首里城のほど近く、金城町というところ。昔ながらの石畳の道が、そのまま残っているのです。

昔ながらの道というと、何やらすっかり観光地化されていたりしがちですが、この道はとても静か。沖縄の伝統的な家並みも、左右に残っています。普通の家で飼われているヤギが、

「べえぇぇぇっ」

と鳴いていたり、どこかの家から三線の音が聞こえてきたり。色鮮やかな花が咲いていたり、

ちょうちょが飛んでいたり。

そんな中を歩きつつも、いつものクセが出て、石畳が終わってしまった後もつい、奥へ奥へと私は進んでいきました。

……と、目の前に突如として現れたのは、巨大な樹が六本。日の光が枝にさえぎられた薄暗い一角には、明らかに特別な場所だということが私にもわかるくらいの雰囲気が漂っていました。

近寄ってみると、それらは推定の樹齢が二百年という、赤木だったのでした。説明を読んでみると、その場所はやはり「内金城嶽（うちかなぐすくたき）」という、神聖な場所。古くから拝殿（フェーデン）と言われ、信仰の場所として大切にされていたのだそうです。

周辺は住宅地だというのに、道を一本それてみるだけで、この神聖な空気。まさに、時間を忘れさせるような場所なのです。「ここまで来させてもらって、ありがとうございました」と樹にむかって心の中でつぶやく私のはるか頭上では、枝が揺れるざわざわ、ざわざわ……という音が響いています。

この場所でこれらの大木は、人々の様々な祈りを、今までずっと聞いてきたのでしょう。樹の下にいると、喜びも悲しみも、涙も悩みも、全て受けとめてくれるような気持ちに、なってくる。

旅の最後の地において、私の脳裏には、今まで出会った数々の甘いものと、それを作っている方々の顔が浮かんできたのでした。思えば甘いものを巡る旅というのは、人を巡る旅でもありました。様々な地で様々な人が、「誰かのため」を思って作っていた、甘いもの。そんな思いが伝わることによって、甘さもまた、伝わっていくのです。

大木が人を受けとめるように、甘さもまた人を抱く。それぞれの土地で甘さに抱かれ続けた私の幸せな旅は今、終わろうとしていますが、この樹もそしてそれぞれの甘いものも、人の心を抱くことを、やめることはないでしょう。

歩
☎ 098-863-1171
沖縄県那覇市松尾 2-10-1　第一牧志公設市場内 2 階

ぎぼまんじゅう
☎ 098-884-1764
沖縄県那覇市首里久場川町 2-109-1 べりエールHIGA1-B

あとがき

甘味屋さんに漂う、ゆったりとした空気が好きです。気の合う人と、あんみつだのお汁粉だのをつつきながらおしゃべりをすることによって、私はいつも心身に熱量を充塡してきました。女子高生時代、学校帰りに通った店。会社員時代、外回りに疲れて立ち寄った店。友人に悩みを吐露した店……と、甘味屋さんは常に、思い出とともに存在しています。そして「日本全国に、その土地の人達の思い出とともに存在する甘味屋さんが、あるのだろうなぁ」と思ったのが、「甘党流れ旅」をはじめたきっかけなのです。

洋風のお菓子は避け、できればその場でしか食べられないものを、という基準でお店を探して旅をしていくと、未知なる甘味がたくさんあることがわかってきました。そのうち、「よーし、こうなったら全都道府県を制覇しよう！」という妙な意地も、湧いてきた。そうして巡った、四十七都道府県。東は餅（もち）モノが多く、西は小麦モノ。古都はやはり、甘味文化も深い……と、巡るにつれて頭の中で甘党地図ができてきます。「甘党」という軸を持つと、観光では行かないであろう場所に行き、出会わなかったであろう人に出会うことができるということは、私にとって大きな発見でもありました。

　それぞれの甘味は、店の人からも、地元の人からも愛されているものばかり。たくさんの人の思い出と愛とが溶け込んでいる甘味と、甘味を愛するたくさんの方々に出会うことができた旅は、私の中でまさに〝甘い〟思い出となっているのです。

　最後になりましたが、ふらりと訪れた私を温かく迎えて下さった全国のお店の皆様、どうもありがとうございました。そして旅を共にして下さった永島かおりさん、装丁の佐藤可士和さん、角川書店の津々見潤子さん、そして最後まで読んで下さった皆さんにも、感謝を捧（ささ）げます。

平成十九年　かき氷の季節に

酒井順子

装丁　佐藤可士和
装画　室町千代紙「仙台駄菓子づくし」（菊寿堂　いせ辰）

初出◎「オズマガジン」二〇〇一年九月〜二〇〇四年八月に連載

「甘党流れ旅」は二〇〇一年から二〇〇四年にかけて行われました。本文中の状況は当時のものですので、現在と異なるものもございます。詳細データ等は、お店にお問い合わせ・ご確認の上おでかけください。

酒井順子（さかい・じゅんこ）
1966年東京生まれ。2003年『負け犬の遠吠え』で婦人公論文芸賞、講談社エッセイ賞を受賞。著者に『ひとくちの甘能』（角川書店）、『入れたり出したり』（角川文庫）、『駆け込み、セーフ？』（講談社）、『女子と鉄道』（光文社）、『都と京』（新潮社）など多数。

甘党流れ旅（あまとうながれたび）

平成十九年七月二十日　初版発行

著　者——酒井順子（さかいじゅんこ）
発行者——井上伸一郎
発行所——株式会社角川書店
東京都千代田区富士見二-一三-三
〒一〇二-八〇七八
電話／編集　〇三-三二三八-八五五五
発売元——株式会社角川グループパブリッシング
東京都千代田区富士見二-一三-三
〒一〇二-八一七七
電話／営業　〇三-三二三八-八五二一
http://www.kadokawa.co.jp/
印刷所——旭印刷株式会社
製本所——牧製本印刷株式会社
落丁・乱丁本は角川グループ受注センター読者係宛にお送りください。
送料は小社負担でお取り替えいたします。

ISBN 978-4-04-883982-2　C0095